KB263703

한일 상호이해의 길

저자

오무라 마스오 大村益夫, Omura Masuo

1933년 도쿄 출생. 1957년 와세다대학교 제1정치 경제학부를 졸업, 도쿄도립대학교 인문과학 연구과 석박사과정을 수료했다. 1964년 와세다대학교 전임강사 임용. 1966년부터 1978년까지 동대학 법학부에서 중국어 담당. 1967년 조교수, 1972년 교수로 임용됨. 1978년 다시 어학교육 연구소로 옮겨 2004년까지 조선어 담당. 1985년 와세다대학교 재외연구원으로 1년간 중국 연변대학에서 연구 유학했고, 1992·1998년 고려대학교 교환 연구원으로 한국에 체재했다. 저서로는 『사랑하는 대륙이여─시인 김용제 연구』(大和書房, 1992), 『시로 배우는 조선의 마음』(青丘文化社, 1998), 『사진판 윤동주 자필 시고 전집』(공편, 민음사, 1999), 『윤동주와 한국문학』(소명출판, 2001), 『조선 근대문학과 일본』(緑蔭書房, 2003), 『중국조선족문학의 역사와 전개』(緑蔭書房, 2003), 『조선의 혼을 찾아서』(소명출판, 2005), 『김종한 전집』(공편, 緑蔭書房, 2005), 『제국주의와 민족주의를 넘어서』(공저, 역락, 2009), 『식민주의와 문학』(소명출판, 2014) 등이 있고, 번역서로는 『한일문학의 관련양상』(김윤식, 朝日新聞社, 1975), 『친일문학론』(임종국, 高麗書林, 1976), 『조선 단편소설선』상·하(공역, 岩波書店, 1984), 『한국단편소설선』(공역, 岩波書店, 1988), 『시카고 복만─중국조선족단편소설선』(高麗書林, 1989), 『탐라이야기─제주도문학선』(高麗書林, 1996), 『인간문제』(강경애, 平凡社, 2006), 『바람과 돌과 유채화(제주도 시인선)』(新幹社, 2009) 등이 있다.

역자

정선태 鄭善太, Jung, Sun Tae

1963년 전북 남원 출생으로 서울대학교 국어국문학과 및 동 대학원을 졸업했으며, 현재는 국민 대학교에 근무하고 있다. 저서로 『개화기 신문 논설의 서사 수용 양상』, 『심연을 탐사하는 고래의 눈─한국 근대문학의 형성과 그 외부』, 『근대의 어둠을 응시하는 고양이의 시선─문학·번역·사상』, 『한국 근대문학의 수렴과 발산』, 『시작을 위한 에필로그』, 『'삐라'로 듣는 해방 직후의 목소리』(공편), 『지배의 논리 경계의 사상』 등이 있으며, 역서로 『동양적 근대의 창출─루쉰과 소세키』, 『일본문학의 근대와 반근대』, 『가네코 후미코─식민지 조선을 사랑한 일본 제국의 아나키스트』, 『일본어의 근대』, 『지도의 상상력』, 『생활 속의 식민지주의』, 『창씨개명─제국주의 일본의 조선지배와 이름의 정치학』, 『미구회람실기 5』, 『도조 히데키와 천황의 시대』, 『은퇴─조선신궁에서 바라본 식민지 조선의 풍경』, 『쇼와 육군』, 『일본 근대의 풍경』(공역), 『삼취인경륜문답』(공역), 『일본 근대사상사』(공역), 『조선의 혼을 찾아서』(공역), 『기타 잇키』(공역), 『검은 우산 아래에서』(공역) 등이 있다.

한일 상호이해의 길

초판 인쇄 2017년 8월 30일 **초판 발행** 2017년 9월 10일
지은이 오무라 마스오 **옮긴이** 정선태 **펴낸이** 박성모 **펴낸곳** 소명출판
출판등록 제13-522호 **주소** 서울시 서초구 서초중앙로6길 15, 1층
전화 02-585-7840 **팩스** 02-585-7848
전자우편 somyungbooks@daum.net **홈페이지** www.somyong.co.kr

ISBN 979-11-5905-199-9 04810
ISBN 979-11-5905-082-4 (세트)

값 11,000원
ⓒ 오무라 마스오, 2017

오무라 마스오 저작집 5

한일 상호이해의 길

THE WAY TO MUTUAL UNDERSTANDING
BETWEEN KOREA AND JAPAN

오무라 마스오 지음
정선태 옮김

소명출판

2000년 4월 이래 『홋카이도신문』에 연재해 온 소품문을 묶어 한국에서 번역 출판한다. 800자 이내라는 글자 수의 제한이 있는 칼럼이기 때문에 뜻을 제대로 전달하지 못한 감이 있다. 이 칼럼은 처음 제2회는 타이틀이 「20세기 명저탐방」으로 되어 있었지만, 제3회째부터는 「세계문학・문화 아라카르트」로 이름을 바꾸었다. 이 칼럼은 매주 수요일에 프랑스, 아프리카, 캐나다, 스페인(라틴 제국), 중국, 한국・북한, 독일, 인도네시아, 러시아, 아메리카 등 세계 열한 개의 나라와 이 지역의 문학・문화에 관하여 연재하고 있다. 내가 담당한 한국・북한 분야는 11주 간격으로, 그러니까 약 3개월에 한 번씩 차례가 오게 된다. 그때마다 머리에 떠오르는 것을 써 왔기 때문에 반드시 계통성을 갖고 있지는 않다.

『홋카이도신문』에 연재한 것 외에 큐슈의 『니시니혼신문』에 실은 「시혼의 원형을 찾아서―윤동주 연구」도 함께 수록했다. 모두 일본의 일반 신문에 발표한 것이어서 한국의 독자에게는 굳이 말하지 않아도 좋은 기술記述이 있을지도 모른다.

　마지막 부분에 『실천문학』에 실은 「임종국 선생을 그리며」와 김학철 선생의 문학비 건립을 기념하는 문집에 실은 「김학철 선생의 편지」도 함께 수록했다.

　끝으로 이 책의 출판을 뒷받침해 준 소명출판 박성모 사장과 번역을 담당해 준 정선태 선생(국민대 교수)에게 감사의 마음을 전한다.

2017년

오무라 마스오 大村益夫

차례

민족적 저항 정신과 인간애

윤동주(1917~1945)는 조선 민족이 극심한 어려움을 겪었던 1930년대 후반부터 1940년대 초반에 걸쳐 준엄한 민족적 저항 정신과 기독교적 인간애가 흘러넘치는 서정시 124편을 남겼다. 그의 시는 자신의 생애와 마찬가지로 청려淸麗하고 단아한 혼을 지니고 있으며 동시에 민족의 운명을 짊어지고 있었다.

'한일합병'으로 나라를 빼앗기고 민족의 언어와 문화도 질식되어가는 상황에서 그는 「서시」에서 "죽는 날까지 하늘을 우러러 / 한 점 부끄럼이 없기를"이라고 쓴 것처럼 한결같은 생각으로 살았던 것이다. 그는 활동가도 아니고 혁명가는 더욱 아닌 일개 시인에 지나지 않았지만, "모든 죽어가는 것들을 사랑"하고 "나한테 주어진 길을 걸어가야겠다"는 소명감 아래 스스로가 살아갈 길과 민족이 나아갈 길을 포개놓고 모색했다.

윤동주가 한국에서 국민적 시인으로 사랑을 받고 북한에서도 높은 평가를 얻고 있는 것은 '일제 말 암흑기'라고 불리는 시대에 20세기 초두 이래의 근대문학사를 해방(1945) 후로 이어주는 역할을 했기 때문이다.

그는 일본의 도시샤 유학 중 치안유지법 위반 혐의로 체포되어 해방 직전인 1945년 2월 후쿠오카 형무소의 옥중에서 28세의 젊은 나이로 사망했다.

동주는 필명을 동주童舟라 하고 동요동시인으로 출발했다. 평화로운 좋은 시대에 살았더라면 마음 여린 동시인으로 생애를 보낼 수 있었을지도 모른다. 그러나 그는 민족의 위기를 만난 까닭에 동요동시의 세계에 머물러 있을 수가 없었다.

끝으로 그의 대표작 중 하나인 「서시」의 전문을 소개한다.

죽는 날까지 하늘을 우러러

한 점 부끄럼이 없기를

잎새에 이는 바람에도

나는 괴로워했다

별을 노래하는 마음으로

모든 죽어가는 것들을 사랑해야지

그리고 나한테 주어진 길을

걸어가야겠다.

오늘밤에도 별이 바람에 스치운다.

—2000.4.7.

민족의 주체성을 묻다

남정현(1933~)의 「분지」는 1965년 3월에 발표뇌었다. 그 당시 한국은 박정희 대통령의 독재 아래 있었고, 정치도 경제도 문화도 전면적으로 미국에 종속되지 않을 수 없는 정세에 놓여 있었다. 그런 상황에서 「분지」는 강렬하게 민족의 자주와 자유의 문제를 제기했다. 이 때문에 작가는 반공법에 저촉되어 2년 동안 옥고를 치른다.

이 단편소설은 죽음을 눈앞에 둔 주인공 만수와 20년 전에 죽은 어머니의 대화 형식을 취하고 있다.

일본으로부터 해방된 1945년, 만수의 어머니는 해방군으로 온 미군에게 겁탈을 당하고 분노를 이기지 못해 미쳐서 죽는다. 결국 만수와 누이동생 분이만 남는다.

그런데 분이는 목숨을 부지하기 위해 굴욕을 당하면서 스피드라는 미군의 온리(애인)이 되고, 만수의 생활도 그 '은혜'를 입는다. 분이가 밤마다 스피드로부터 자기 아내의 치부와 비교당하면서 고통을 받는 것을 본 만수는 누이를 생각하고 또 어머니를 생각하면서 때마침 한국을 방문한 스피드 부인의 치부를 샅샅이 탐색한다. 이 때문에 만수는 미군의 대부대에 포위되고, 결국은 향미산에 틀어박혀 있다가 죽음을 맞이한다.

이 소설은 "이방인들이 싸지른 분뇨만을 주식으로 하고" "'반공'과 '친미'만을 열심히 부르짖기만 하면 애국자가 되고 위정자가 되는"(「분지」에서 인용) 현실을 우화적 수법을 활용하여 예리하게 비판하면서 예속이냐 자주냐라는 민족의 주체성을 묻는다.

그런데 「분지」는 지나가버린 한 시대의 유물로 처리할 수만은 없는 현대적 의미를 지니고 있다. 잡지 『현대문학』 1998년 10월호가 「분지」 특집을 꾸민 것은 오늘날 세계화니 국제화니 요란하게 떠드는 상황에서 민족의 아이덴티티의 문제가 다시금 중요하게 떠오르고 있기 때문이다.

— 2000.4.21.

사회의 변모를 반영하는 시

남북정상회담이 열리면서 한반도에서 거센 물결이 일고 있다. 이런 가운데 통일을 바라면서 10년 전에 죽은 김조규金朝奎, 1914~1990라는 조선민주주의인민공화국(북한)의 시인이 떠오른다. 1930년대부터 작품을 발표하기 시작한 그는 한때 '만주' 지역에서 교원 생활을 하기도 했으며, 해방 후(1945년 이후)에는 북한에서 왕성한 창작활동을 전개했다.

그는 북한에서 사상 문제로 두 차례 비판을 받았고, 한동안 지방의 톱니바퀴 공장에서 선반공으로 일한 적도 있다. 그러나 비판을 진지하게 받아들인 그는 훗날 시집·동시집·평론집 등 몇 권의 저작을 공식 간행한다. 해방 전에 쉬르리얼리즘 시인으로 불렸던 그는 해방 후 사회주의 사회에서 자기 변혁을 수행하면서 시인으로서 삶을 이어나갔다. 단, 자기 변혁을 수행했다고는 하지만 자신의 과거를 전적으로 부정해버린 것은 아니었다. 엄격한 비판을 받던 시기에도 위험을 무릅쓰고 뒤주 안에 해방 전에 쓴 작품을 보관하다가 나중에 개작을 거쳐 그 일부를 공표한다.

만년에 접어든 김조규는 죽을 날이 그리 멀지 않은 것을 알고서 대여섯 권 분량의 개인 선집을 계획했다. 하지만 북한에서도 한국에서도 출판할 수가 없었다. 그는 자신이 체험한 70여 성상星霜의 생활 속에서 보고 느낀 것을 그대로 토로한 직절적直截的인 시인이었다. 독자는 그의 시에서 비약적인 변화를 겪어온 북한 사회의 모습을 볼 수 있으며, 동시에 서정적이고 감각적인 데다 섬세한 쉬르리얼리즘 시인의 흔적을 발견할 수도 있을 것이다.

그는 미국에 사는 아우의 이름을 빌려 스스로 선집의 서문에 "이 작품집이 형님의 유고집이 되지 않기를 간절히 바란다"고 썼음에도 불구하고 이 서문이 정말로 유고가 되고 말았다.

인간은 시대 및 환경과 더불어 얼마나 변할 수 있을까, 또는 얼마나 변하지 않을 수 있을까라는 물음에 김조규라는 인간과 작품은 하나의 대답을 준비하고 있는 게 아닐까 생각한다.

—『홋카이도신문』, 2000.7.4.

시정의 애환을 묘사한 김사량

조선인 문학자 중에서 김사량金史良, 1914~1950은 일본에서도 비교적 이름이 알려져 있는 편이다. 가와테쇼보신샤河出書房新社에서 간행한 『김사량 전집』 전 4권이 있고, 이와나미신서로 나온 『김사량― 그 저항의 생애』가 있기 때문이다. 물론 진정한 의미에서의 전집은 아직 나와 있지 않다. 가와테쇼보 판에는 해방 직후 조선민주주의인민공화국(북한)에서 발표된 작품 다수가 빠져 있고 교정도 하자가 있기 때문이다.

평양에서 태어난 김사량은 1933년 일본으로 건너와 사가고등학교를 거쳐 도쿄대학 독문과를 졸업했다. 1940년 단편 「빛 속에서」가 조선인 최초로 아쿠타가와상 후보에 올랐으며, 일본어 작품집 『빛 속에서』와 『고향』을 출판했다. 1942년 12월 평양으로 돌아왔고, 1945년 초 재중국 조선 출신 학도병 위문단의 일원으로 중국에 파견되었을 때 탈출, 팔로군이 지배하고 있던 해방구에 도달한다.

1945년 8월의 해방 후에는 평양에서 눈부시게 활약하다가 한국전쟁이 시작되자 종군작가로 남하, 국제연합군의 반격을 받고 북으로 후퇴하던 도중 병사했다.

김사량은 조선 본국의 문학자이지만 어떤 의미에서는 재일조선인 문학의 길을 연 개척자와 같은 인물이기도 하다. 그의 작품은 민족적 저항 의식을 내밀하게 간직하고 있는 동시에 유려한 서정성을 바탕으로 시정 사람들의 애환을 노래하고 있다.

그런데 바로 그 김사량이 1941년 4월부터 다음해 2월까지 하숙했던 가마쿠라 시 오우기가야야쓰扇ヶ谷 408번지 고메신테이米新亭 여관의 흔적을 이번 여름에 찾아가 보았다. 당시의 건물은 이미 없어지고 다른 건물이 들어서 있었지만 입구의 돌계단, 마당의 너구리상, 수령 100년 정도의 백목련, 광천욕장 터는 그대로였다. 현재 살고 있는 사람의 할머니뻘 되는 사람이 고메신테이를 꾸려나가면서 반은 하숙생으로 반은 식객으로 있던 김사량을 보살폈다고 한다. 원래는 온천여관이었는데 식량배급제도하에서는 여관업이 잘 되지 않아 빈 방을 하숙으로 내놓았던 것이다.

당시 여섯 살이었던 고메신테이의 손주는 김사량이 자기와 잘 놀아주었다며 그 시절을 그리워했다. 그는 태평양전쟁이 시작된 다음 날 사상범예방구금령에 따라 김사량이 헌병대에 끌려가던 때의 일을 잘 기억하고 있었다. 할머니가 점심식사를 챙겨주고 싶다고 사정하자 헌병도 집 밖에서 기다리고 있었다고 한다. 그 후 구메 마사오久米正雄, 시마키 겐사쿠島木建作, 야스타카 도쿠조保高德藏 등의 노력으로 다음해 1월 29일 석방된 김사량은 강제송환의 형식으로 평양으로 돌아갔던 것이다.

―『홋카이도신문』, 2000.9.12.

통일문학전집 간행으로 활발한 교류를

전후 1980년대 말까지의 조선근대문학사의 서술은 대한민국(한
국)과 조선민주주의인민공화국(북한)에서 기묘한 대칭을 이루고 있
었다.

남북 분단 이후는 말할 것도 없고, 19세기부터 1945년에 이르는
근대문학사상의 평가가 남과 북에서 전혀 달라서 도무지 같은 나라
같은 민족의 문학사라고 할 수 없는 정도였다. 한국에서 높은 평가를
받고 있는 민족문학이나 예술주의문학이 북한에서는 부르주아 반동
문학으로 간주되었고, 북한에서 높은 평가를 받고 있는 프롤레타리
아문학이 한국에서는 공산주의자들의 극악極惡한 소산이라 하여 터
부시되었다. 따라서 남북의 문학사가 각각 긍정적으로 다루는 문학
자의 이름이 거의 일치하지 않는 불행한 시대가 전후 50년 동안 이
어져왔다.

이러한 경향이 한국에서는 서울올림픽을 앞두고 대폭 완화되었

고, 북한에서도 최근 10년 양심적인 민족주의자의 문학을 긍정적으로 파악하고자 하는 경향이 나타나고 있다. 근년 북한의 잡지『통일문학』이 한국의 소설과 시를 전재하고 있으며, 한국에서는 북한문학 연구가 붐을 이루고 있다.

그리고 2000년에는 김대중과 김정일 두 정상의 극적인 대화가 있었고, 이산가족의 남북 방문이 이어졌다.

이러한 사회적인 분위기 속에서 현재 한국에서 '통일문학전집' 전 100권이 기획되었고, 내년(2001)에도 출판될 예정이다. 이 전집은 1945년부터 1995년까지 50년 동안 생산된 작품을 대상으로 하여, 북 50권, 남 50권, 내역은 장단편소설 70권, 시 10권, 희곡 10권, 평론 10권이다. 이 전집의 목적은 "해방 이후 50년 동안 남한과 북한에서 발표된 뛰어난 문학작품을 선정하여 분단 이후의 문화적 동질성과 이질성에 관한 올바른 상호이해의 기초를 다지고, 문학을 통한 남북의 화해와 협력 그리고 문화적인 통일 여건을 마련하는" 데 있다.

들리는 바에 따르면 이 전집의 발간에 관하여 북한도 양해를 한 듯하다. 다만 북한 작품의 선택은 한국의 북한문학전문가 손에 맡길 수밖에 없을 것이다. 어쨌든 이 전집을 계기로 남북 문학과 남북 문학자의 교류가 활발하게 이루어질 것임에 틀림없다.

—『홋카이도신문』, 2000.12.19.

만주에서 살았던
조선 청년의 고뇌를 보여주는 원고

‘20세기 중국 조선족 문학 자료 전집’ 제1권으로 ‘심연수 문학편’이 길림성 연변인민출판사에서 작년 여름 발행되었다. 심연수沈連洙, 1918~1945는 한반도 동해안의 강릉에서 태어나 구舊 만주에서 일본군에게 살해된 것으로 알려져 있다. 이번에 발굴된 것은 시, 소설, 수필, 기행문, 일기 등 상당량의 조선어 원고이다.

중국에서는 현재도 2백만 명의 조선족(국적은 중국, 민족적으로는 조선)이 살고 있는데, 그들과 그들의 선조가 낳은 문학을 중국에서는 중국 소수민족의 하나인 조선족의 문학으로 간주하고, 한국에서는 해외로 빠져나간 동포가 산출한 한국문학으로 파악한다. 따라서 조선족문학은 이중국적을 갖게 된다. 심연수도 그 중 한 사람이다.

심연수의 아우 두 명 중 한 사람은 북한으로 가서 돌아오지 않았고, 다른 한 사람은 중국에 건재한다. 이번에 발굴된 원고는 모두 중국에 살고 있는 아우가 보관하고 있었다. 심연수는 일본에 유학했으며,

1941년 당시 도쿄 에코다의 니혼대학 예술과에 적을 두고 있었다. 시인 김종한金鍾漢, 1914~1944은 같은 과 이삼 년 선배이고, 재일조선인 작가 김달수金達壽, 1919~1997와 거의 같은 학년인 셈이다.

작품은 모더니즘의 영향을 상당히 많이 받았는데, 그 가운데 조선인의 민족성을 엿볼 수 있는 것도 간간이 섞여 있어 꽤 흥미롭다. 한국의 국민시인 윤동주와 쌍벽을 이룬다고 평가하는 사람도 있지만, 필자가 보기에는 그 정도까지 나아가지는 못한 듯하다. 그러나 그의 작품은 상세한 일기와 함께 구 만주에서 살았던 조선 청년의 고뇌와 정신의 궤적을 보여주고 있으며, 금후 심연수의 존재는 틀림없이 한국과 북한과 중국을 잇는 하나의 상징적 존재로 떠오를 것이다.

—『홋카이도신문』, 2001.3.13.

잊혀져버린 김용제

김용제金龍濟, 1909~1994라는 시인이 있다. 한반도와 일본에서 문학 활동을 했지만 현재는 어디에서도 그의 이름을 기억하는 사람을 찾아보기 어렵다. 그는 1927년, 열여덟 살 때 일본으로 건너왔다. 때마침 프롤레타리아문학이 최후의 빛을 발하던 시기였고, 그는 우유 배달 등을 하면서 신진시인으로서 일본어로 문학 활동을 전개했다. 『프롤레타리아 시』, 『나프』 등의 잡지에 「사랑하는 대륙이여」, 「3월 1일」, 기타 많은 작품을 발표하여 높은 평가를 받았다. 미야모토 겐지·미야모토 유리코 부부, 이토 신키치, 오에 미쓰오, 에구치 간 등과도 친교를 맺었다. 나카노 레이코中野鈴子와는 오빠인 나카노 시게하루도 인정하는 연인 사이였다.

1933년 일본프롤레타리아작가동맹의 서기로서 사무소에서 숙식을 하고 있던 중 치안유지법에 따라 검거되었고, 옥중생활 4년 동안 비전향으로 일관했다. 1937년 당국에 의해 강제로 귀국하고 나서부

터는 『동아일보』와 『조선일보』를 무대로 평론 활동을 전개했지만,
1년간의 침묵 후 급격히 '친일문학'(일본의 통치 권력에 추종·동조하는
문학)으로 기울어 무참하게도 친일적 일본어 시집 세 권을 내놓는다.
김용제는 프롤레타리아문학과 친일문학이라는 한국에서는 환영받
지 못한 두 가지 문학 행위 때문에 전후에는 사회활동의 장을 얻을
수가 없었다.

1930년대에 그는 일본어와 조선어라는 두 개의 언어로 일본의 식
민지 지배에 용맹 과감하게 저항한 조선의 서정시인이었고, 나중에
는 극단적인 친일문학으로 내달렸다. 그 어떤 면에서든 그는 일본과
일본문학에 깊이 관련되어 있으며, 그런 점에서 한국에서의 부정적
인 평가와는 관계없이 우리의 뇌리에서 지워버릴 수 없는 존재라고
할 수 있다. 나는 언제가 될지는 모르지만 그의 조선어 작품의 일본
어 번역본을 출판하고 싶다.

—『홋카이도신문』, 2001.7.10.

한용운을 향한 뜨거운 시선

한용운韓龍雲, 1871~1944은 호를 만해라고 하며, 사상가이자 시인인 동시에 실천적인 불교인이기도 하다. 1919년 조선의 3·1독립운동 때 민족대표 33인 중 한 사람으로서 독립선언서에 서명했다. 시집으로 『님의 침묵』(1926)이 있다. '님'이란 보통 연인을 뜻하지만 넓게는 동경하는 대상을 가리킨다. 그는 이 시집의 「군말」에서 "장미화의 님이 봄비"인 것처럼 "중생이 석가의 님"이라고 말한다. 중생의 임이 석가인 것이 아니다. 여기에서 그의 세계인식과 불교혁신론의 일단을 볼 수 있다고 생각한다.

"우리는 만날 때에 떠날 것을 염려하는 것과 같이 떠날 때에 다시 만날 것을 믿습니다. 아아 님은 갔지마는 나는 님을 보내지 아니하였습니다."(시 「님의 침묵」의 일부)

그의 시에서 님은 연인을 의미하기도 하고 조국이나 민족을 의미하기도 하다. 그는 이별을 극복할 재회를 생각하면서 절망을 희망으로 전환하고 잃어버린 조국의 광명 회복을 희구한다.

금년(2001) 8월 상순, 한용운과 인연이 깊은 유명한 사찰, 강원도 백담사에서 나흘 동안 두 개의 국제회의를 포함하여 다양한 행사가 열렸다. 내가 참가한 문학 분야의 심포지엄에서는 남북 분단의 현상을 문학이 어떻게 극복할 수 있을 것인지를 둘러싸고 뜨거운 논의가 펼쳐졌다. 남북한에서 공통적으로 경애하는 사상가이자 문학자인 한용운을 남북통합의 정신적 지주로 세우고자 하는 한국 사람들의 패기가 전면에 가득한 회의였다. 나는 통일을 향한 열기와 한국 불교의 힘을 백담사 주변 심산유곡의 절경과 더불어 오랫동안 잊지 못할 것이다.

—『홋카이도신문』, 2001.10.23.

전쟁에 농락당한 생애

금년(2001) 9월 25일, 중국 길림성 연변조선족자치주의 주도_{州都} 연길시에서 작가 김학철_{金學鐵} 씨가 사망했다. 향년 85세였다.

김학철 씨는 조선의 원산에서 태어나 중학을 중퇴한 후 상하이로 건너갔다가, 1937년 중일전쟁이 발발하자 조선 독립 투쟁을 위해 중국 국민당 계열의 군사훈련반에 들어간다. 하지만 국민당이 항일에 소극적인 데 불만을 품고 곧 동료들과 함께 팔로군 산하 조선의용대에 가담한다. 태항산에서 일본군에 맞서 싸우다가 왼쪽 다리에 상처를 입고 붙잡혀 나가사키로 이송된다. 본래 전시 포로로 취급을 받아야 할 것을 적국에 군사상의 이익을 준 일본인이라 하여 치안유지법에 따라 징역 10년의 판결을 받는다. 원폭의 위기는 아슬아슬하게 피했지만, 왼쪽 대퇴부를 절단하는 수술을 받았고 한쪽 다리는 일본 땅의 흙이 되었다.

1945년 해방을 맞이하여 서울로 돌아온 그는 문학 활동과 함께 정치 운동에도 참여하지만, 미군정 하에서 좌익 탄압이 극심해지자 1946년 몰래 38선을 넘어 북으로 간다. 평양에서는 신문기자 생활 등을 하기도 했는데, 이른바 연안파延安派라 하여 한직에 내몰려 있던 중 한국전쟁이 일어나 미군에게 쫓기는 형태로 1950년 중국으로 들어간다. 그리고 그 후 51년 동안 중국에 거주하는 조선인 작가로서 조선어로 다수의 장단편을 발표한다.

중국에서의 생활도 평탄하지 않아 1957년 우파라 하여 비판을 받은 이래 문화대혁명 시기의 옥중 10년을 포함하여 24년이라는 오랜 기간 동안 작품 발표를 금지당했다. 1981년 집필 금지가 해제되면서 왕성한 문학 활동을 재개했다. 그러나 올해 들어 노령에다 병까지 얻으면서 작가 생활이 어려워지자 병원과 주사 등 모든 의료를 거부하고 단식하다가 죽었다. 유언에 때라 유골은 두만강에 뿌려졌다. 고향인 조선의 원산에 닿을 수 있도록. 한반도, 일본, 중국을 돌아다니며 격렬하게 불태운 생애였다.

—『홋카이도신문』, 2001.12.28.

상호이해, 일본을 앞서다

2001년 여름, 역사교과서 문제와 야스쿠니신사 문제 때문에 한국
은 반일 분위기로 들끓고 있었다. 대학생 등 젊은이들이 주도하는
반일 시위대가 연일 서울의 중심가 종로를 가득 메우고 있었다. 그
중에는 '일본은 멸망하라'라고 쓴 펼침막을 앞세우고 행진하는 대열
도 있었다. 이곳저곳에서 일본 상품을 보이콧하자는 서명운동이 벌
어지고 있었다.

2002년 현재, 월드컵 축구 공동개최를 하나의 계기로 하여 한일
양국의 다양한 교류가 정부 차원과 민간 차원에서 활발하게 진행되
고 있다. 일본 각지의 풍광이나 서민의 생활이 한국의 텔레비전에서
방영되지 않는 날이 없다.

고작 1년 사이에 한국은 반일에서 일거에 우호적인 태도로 돌아
선 것일까. 나는 그렇게 생각하지 않는다. 반일과 우호의 양면이 늘
한국인의 마음속에 공존하고 있으며, 상황에 따라 어느 한쪽이 표면

화한다고 말할 수 있을 듯하다.

　4, 5년 전, 서울의 지하철 안에서 '일본이 미워도 배우지 않는다
면'이라고 쓴 일본어학원 광고 전단지를 보고 머리를 감싼 적이 있
다. 또 어떤 지방 도시에서 '일본인 사절'이라고 쓴 레스토랑의 안내
문을 본 적도 있다.

　그렇지만 이런 것들은 반쯤은 과거의 일이 되었다. 현재 한국 고
등학교의 제2외국어는 방치해두면 일본어 이수 희망자가 과반수에
달한다고 한다. 많은 대학에서도 일본어과, 일어일문과가 설치되어
있다. 졸업생의 취직률도 높은 편이다. 다만 일부 연구자를 제외하
고는 일본어 수요가 대체로 실용적인 측면에 머물고 있고, 문화적
관심도가 높지 않은 것이 마음에 걸린다. 그러나 어찌됐든 상호이해
도의 측면에서는 한국이 일본을 두세 걸음 앞서가고 있다는 것은 확
실하다.

—『홋카이도신문』, 2002.3.19.

남북에서 아직까지 불리는 동요

　메이지에서 헤이세이에 이르기까지 오랜 세월 동안 사랑을 받아온 일본을 대표하는 노래 100곡을 많은 사람들의 의견을 바탕으로 선정하고, 그 100곡을 이미지화한 '우리 마음의 풍경화전'이 수년 전에 열렸다. 옛노래, 가요, 민요, 창가 등에 뒤섞여 동요가 100곡 중 27곡을 차지하고 있는 것을 보고 왠지는 모르지만 뿌듯했다. 젊은이들로부터 외면당한 지 오래라고들 하지만 아직도 사람들의 마음속 저 깊은 곳에는 동요의 멜로디가 여전히 흐르고 있는 것이다.

　한반도의 경우, 가장 널리 알려져 있고 사람들의 의식 저 깊은 곳의 심상풍경을 이루고 있는 것은 이원수李元壽, 1911~1981가 노랫말을 지은 〈고향의 봄〉일 것이다. 1925년에 발표된 이 동요[1]는 일본 지배 하에서도, 전후 한국과 조선민주주의인민공화국에서도 널리 불리고 있는 문화유산과 같은 존재이다.

1　동시 〈고향의 봄〉은 1926년 4월 잡지 『어린이』에 발표되었다. (역자)

나의 살던 고향은 꽃 피는 산골 / 복숭아꽃 살구꽃 아기진달래 / 울긋
불긋 꽃대궐 차리인 동네 / 그 속에서 놀던 때가 그립습니다

꽃동네 새 동네 나의 옛고향 / 파란 들 남쪽에서 바람이 불면 / 냇가에
수양버들 춤추는 동네 / 그 속에서 놀던 때가 그립습니다

1992년 아직 한일 간 문화교류가 제한되어 한국에서 일본의 노래
가 불리지 못했던 시절, 일본의 단포포어린이합창단과 한국의 풀초
롱어린이합창단이 한국에서 '만남의 콘서트'를 연 적이 있다. 그때
일본 측에서 〈고향의 봄〉을 원어로 불러 우레와 같은 박수를 받았
다. 나는 국제문화교류의 참모습을 직접 보고서 스태프의 입장에 있
다는 것도 잊고 감동했다.

또 1991년 중국 길림성 연변 조선계 중국인 자치주에서 '국제고
려학회' 소장학자 심포지엄이 열렸을 때, 남과 북에서 많은 젊은 연
구자들 모였는데, 모임이 끝나고 연회석으로 자리를 옮기자 남북의
청년들이 어깨동무를 하고 몇 번씩이나 되풀이해서 부른 노래가 바
로 〈고향의 봄〉이었다. 남북의 전후세대가 함께 부를 수 있는 노래
가 전전戰前의 동요밖에 없는 현실을 뼈아프게 생각하면서도 남북이
서로 공감할 수 있는 이러한 문화적 토양 위에서 민족통일이 어느 날
엔가 반드시 오리라는 것을 확신했다.

─『홋카이도신문』, 2002.6.18.

합법의 틀 안에서 '친일' 거부

'친일문학'이라는 말은 대한민국과 조선민주주의인민공화국에서 민족의 주체성을 내던지고 일본의 통치 권력에 추종·동조한 문학이라는 의미로 사용된다. 1939년부터 창씨개명(일본식으로 성을 만들고 이름을 바꾸는 것)과 함께 '국어'였던 일본어에 의한 창작이 보다 엄격하게 강요되었다. 문학잡지도 일본어 잡지 하나로 제한되었다.

민족의 언어로 글을 쓸 수 없게 된 문학자의 고통은 이루 헤아릴 수 없다. 그야말로 '시도로모도로(종잡을 수 없는)'한 일본어로 쓸 수밖에 없었는데, 그것도 '시도로모도로しどろもどろ'한 것인지 '시도모로도모しどもろども'한 것인지 분간할 수 없는 상태였다. 게다가 국책을 따르는 내용일 수밖에 없었고, 더욱 가혹하게도 침묵마저 허용되지 않았다.

그렇다고 해서 그런 상황에서 쓰인 작품이 마음속으로부터 친일을 의도한 것이었는가 하면 꼭 그렇다고만은 할 수 없다. 예를 들면

민족시인 김종한金鍾漢, 1914~1944은 어느 좌담회에서 "조선의 온돌에서 잠을 잔다 해도 훌륭한 황민이 될 수 있다"라고 발언했다. 이것을 '훌륭한 황민'이 되겠다는 결의 표명으로 보아야 하는 것은 아니다. 일본이 온돌은 경제적이지 않을 뿐만 아니라 게으름을 야기하므로 화로로 바꾸라며 민족적 생활 습관까지 말살하려 한 것에 대해 합법의 틀 안에서 그것을 거부한 발언으로 보아야 할 것이다.

한국과 북한에서 문학사가의 친일문학 규탄은 현재도 계속되고 있다. 그것은 민족 주체성 확립을 위한 역사적 필연이라고 할 수 있다. 그러나 근래 일본어를 공부하는 한국의 젊은이가 부모나 친구에게 다른 외국어를 배우는 것처럼 거짓말을 하는 등의 사회적 분위기는 일소되었다. 올해부터 서울대학교에도 일본 연구 과정이 개설되었다. 역사 문제는 역사 문제로 인식하면서 가장 가까운 아시아의 이웃나라로서 한일 양국의 상호 이해와 협력이 요청되는 시대가 도래했다고 할 수 있다.

—『홋카이도신문』, 2002.9.3.

겸허하게 살아가는 서민들

금년 9월 중국 길림성에 간 김에 조선민주주의인민공화국(북한)의 자유경제무역지대인 선봉·나진 일대까지 당일치기 여행을 다녀왔다. 하루 동안 한 지방을 둘러본 것만으로 북한 전체가 어떻다고 말할 수는 없겠지만, 중국의 여행사에 260달러(이 가운데 북한 몫은 150달러)를 지불한 짧은 여행의 인상을 말하자면, 북한의 상황이 일본에서 말하는 만큼 참담하지는 않았다는 것이다.

노인들이 큰 나무의 그늘 속에 앉아 세상이야기를 하며 즐거워하기도 하고 중년여성이 길가에서 떡을 팔고 있는 모습은 한국의 풍경과 그다지 다르지 않았다. 프리마켓에서는 쌀과 전기제품 말고는 팔지 않는 게 없었다. 물건을 파는 아주머니와 즐겁게 이야기를 나누느라 구입한 팥만두를 가방에 담는 것도 잊을 정도였다. 바닷가여서인지 삶은 털게 한가득이 일본 돈으로 60엔, 살아 있는 것은 105엔(냉장고가 없다)으로 값이 쌌지만, 아이스크림은 하나에 30엔으로 상당히 비싼 편이었다.

선봉·나진에서 트럭은 자주 눈에 띄었지만 승용차는 물론 버스나 자전거도 쉽게 볼 수 없었다. 사람들은 비포장도로를 짐을 지고서 말없이 걷고 있었다. 자전거 한 대가 얼마나 귀중한지는 지난해의 『조선문학』(조선작가동맹중앙위원회 기관지)에 실린 단편소설을 보아도 알 수 있다. 그 소설의 주제는 군대를 신뢰하고 옹호하자는 것이었다. 행군 중이던 병사 한 명이 병에 걸려 본대에서 뒤처지고 만다. 그것을 본 마을 청년이 자신의 일 년 소득과 맞먹는 귀중한 자전거를 이름도 알려주지 않고 빌려준다는 이야기이다.

소설이라는 것은 주제나 작가의 의도와 달리 의외로 정직하게 현실을 전해준다. 변경지역에서는 일부 경공업 제품이 부족한 듯하다. 하지만 그러한 생활환경 속에서도 겸허하고 성실하게 살아가고 있는 북한의 일반 서민들에게 나는 응원을 보내고 싶다. 전전戰前 일본에 의한 조선인 강제 연행이나 전후 북한에 의한 납치 행위 등 국가 권력에 의한 범죄행위는 미워해야 마땅하지만, 정부나 국가의 차원을 떠나 시민의 차원에서 우호의 길을 모색하지 않으면 안 될 것이다.

—『홋카이도신문』, 2002.11.26.

무거운 과제를 짊어진 제주도

한국 본토의 남서 해상에 제주도가 있다. 도쿄도東京都 면적의 90 퍼센트쯤 되는 섬이다. 제주도는 고려시대에 원나라에 대한 무력저항의 최후 거점이었고, 조선시대에는 중앙의 정쟁政爭에서 패한 이들의 유배지였다.

지금이야 아름다운 경치를 자랑하는 관광지로 인기가 있지만 제2차 세계대전 중에는 육만 명의 일본 군대가 상주하고 있었다. 결국 오키나와에 상륙한 미군이 제주도에도 상륙할 가능성이 컸기 때문이다. 지금도 섬의 산지에는 장대한 지하사령부의 흔적이, 평지에는 전투기 격납고가, 해안선에는 인간어뢰 '가이텐回天' 기지 흔적이 남아 있다.

전후 1948년, 제주도는 오만 명 또는 팔만 명에 이르는 희생자를 낳은 4·3사건을 경험했다. 조국의 자주통일과 삼팔선 이남의 단독선거에 반대하여 봉기한 민중이 그 후 10년에 걸쳐 정부군과 미군을 상대로 무장투쟁을 펼쳤던 것이다. 김대중 정권에 이르러서야 어렵사리 명예회복이 이루어지긴 했지만, 그때까지 오랜 기간 사망자들은 '빨갱이'라 하여 사회적으로 기피대상이 되어왔다. 미소 냉전구조에서 기인한 불행한 사건이었다.

이와 같은 제주도의 역사와 사회가 낳은 제주문학은 한국문학의 중에서도 특히 무거운 짐을 지고 있다. 제주문학은 말할 것도 없이 한국문학 중의 하나의 지방문학이다. 그러나 한국 안에서도 가장 쓰디쓴 경험을 한 제주도의 문학은 가장 인간적이고, 가장 한국적이며, 그것을 통해 세계문학이 될 수 있을 것이라고 생각한다.

제주문학의 중간결산으로서 제주문인협회 편 『제주문학전집』 전 7권(1997~1998)이 수년 전에 출판된 적이 있는데, 일본에서는 내가 번역한 『탐라국 이야기―제주도문학선』이 딱 한 권 나와 있을 따름이다. 가까운 장래에 또 한 권의 제주문학 작품집을 번역 출판하고 싶다.

―『홋카이도신문』, 2003.2.25.

네 종류의 선집과 북한의 문화적 수준

요즈음 대중매체가 전하는 북한의 이미지는 대체로 야만적이고 가난한 나라, 문화 따위는 끝장나버린 나라와 같은 느낌이 있다. 그러나 이와 다른 면도 있다는 사실을 간과해서는 안 될 것이다.

북한의 각종 조선문학선집, 세계문학선집을 보면 새삼 이 나라의 가능성과 잠재능력이 얼마나 큰지를 알 수 있다. 특히 1987년부터 네 종류의 선집, 즉 '현대조선문학선집', '조선고전문학선집', ''세계문학선집', '세계아동문학선집' 각 100권이 거의 갖추어지고 있는 상황을 보아도 이 나라의 문화적·학술적 수준이 얼마나 높은지를 알 수 있다.

이러한 선집이나 전집류를 간행하기 위해서는 당연히 사전에 작품 평가나 출판의 의미를 둘러싸고 내부 토론이 있었을 것이며, 그 배후에는 많은 문학연구자와 번역자가 있어야만 할 것이다.

앞의 '세계문학선집'을 예로 들어보면, 호머의 『오디세이아』와 단테의『신곡』을 비롯해 스탕달의『적과 흑』, 도스토예프스키의『죄와 벌』과 같은 일본의 문학전집에서도 낯익은 작품이 수두룩하다.

일본과 다른 점은 몽골, 루마니아, 브라질, 알제리, 이집트, 베트남 등 이른바 제3세계의 작품이 많다는 것 정도라 할 수 있다. 발행부수도 각 권 1만 부에 이른다고 하니 사회적 영향력도 적지 않다.

북한 사회에서 비사회주의권 작품도 대중적인 차원에서 널리 읽히고 있다는 것을 알 수 있다. 체제가 달라도 외국의 문화를 알고 흡수해야 할 것은 흡수하고자 하는 노력이 한쪽에서 착실하게 이어지고 있다는 사실도 잊어서는 안 될 것이다

—『홋카이도신문』, 2003.5.20.

뜨거워지는 북한 연구 열기

1988년 서울올림픽을 앞둔 1987년 6월, 한국은 민주화를 선언한다. 건국 이래 반공을 국시로 하여 북한과 적대관계를 이어온 한국은 점차 국내적으로는 탄압 대신 민주화를, 대외적으로는 남북 적대 대신 공존의 길을 찾기 시작했던 것이다.

문학의 측면에서 그것은 재북 및 월북 문학자의 해금이라는 형태로 나타났다. 그 전까지는 1945년 해방을 시점으로 삼팔선 이북에 거주하고 있었거나(재북) 해방 직후 혼란기에 삼팔선을 넘어 북으로 간(월북) 문학자의 저작을 소지하는 것은 물론 읽기만 해도 처벌을 받았다. 따라서 남북 분단 이전의 문학사도 당연히 하나여야 했을 터이지만, 남과 북에서 전혀 다른 두 나라의 문학사인 것과 같은 허파가 한쪽 밖에 없는 상황을 노정하고 있었다.

그 후 김대중 대통령과 노무현 대통령의 햇볕정책시대를 맞이하여 이런저런 우여곡절을 겪으면서도 남북교류의 파이프는 조금씩 넓어졌다고 말할 수 있다.

두 번 다시 동족과 동료를 서로 죽였던 한국전쟁을 되풀이해서는 안 된다. 이것은 남북 공통의 인식이다. 최근 한국에서는 북한에 대한 관심이 높아지고 있다. 그것도 일본의 북한 때리기와 달리 일정한 비판정신을 잃지 않으면서도 민족공동체로서 친근감이 뒷받침된 관심이다.

한국의 대학에서는 '북한학과'가 만들어진 곳도 있다. 학과는 없지만 국문과에 북한문학 강좌가 개설된 대학이 많다. 그렇다고 해도 연구자와 교육자를 조급하게 육성할 수는 없는 노릇이기에 중국 조선족의 북한문학연구자를 한국의 대학으로 불러 강의를 맡기는 현상마저 일어나고 있다.

현재 한국에서는 정부기관인 통일원 자료실을 찾아가면 북한의 문헌을 자유롭게 읽을 수 있다. 일반 서점에서도 북한의 책 다수가 복각되어 시판되고 있는 것이 눈에 띈다. 그것만 보아도 한국이 자신감을 갖고 있으며 동시에 동족인 이웃사람에 대한 생각이 깊다는 것을 알 수 있을 것이다.

—『홋카이도신문』, 2003.8.5.

인정을 받은 임종국의 친일문학 연구

금년 8월 22일 한국의 KBS 텔레비전에서는 다큐멘터리 프로그램 〈인물 현대사〉의 일환으로 역사가이지 문학사가인 임종국林鍾國, 1929~1989을 다루었다.

임종국은 1966년 『친일문학론』(일본어역은 오무라 마스오 역, 고려서림, 1976)을 썼다. 이 책은 1945년 8월까지 약 10년 동안 일본 지배 하 조선인 문학자의 발언을 비판적 관점에서 객관적으로 서술하고 있다. 한국에서 말하는 친일이란 민족의 주체성을 팽개치고 일본의 지배에 추종한다는 의미이다.

제2차 세계대전 후 친일 문제 청산보다 반공과 남북 대립을 최우선 과제로 삼아온 한국 사회에서는 전전의 대일협력자가 그대로 사회 지도층으로 눌러앉아 있었다. 게다가 1965년 한일조약이 체결되었다. 이런 상황에서 임종국은 위기의식을 느끼고 『친일문학론』을 집필했을 것이다.

임종국은 춘추의 필법으로 방대한 객관적 사실만을 토대로 전전의 문화 상황과 문학자들의 발언을 재현해 보여주었다. 저명인이든 권력자든 대학의 은사든 그리고 자신의 아버지든 집필에 임해서는 붓을 굽히지 않았다. 당연하게도 한국 사회에서는 철저하게 무시당했고, 저자는 한때 사회적 압력 때문에 거의 말라죽을 지경에 처하기도 했다.

임종국은 40대 후반에 먹고살기 위해 서울의 교외에서 밤나무밭을 만들기 시작했다. 나는 두 차례 그의 집을 찾아갔다. 길도 없는 산꼭대기까지 경운기로 자재를 실어 날라 손수 지었다는 집, 자가발전의 어두운 전등불 아래에서 사과상자를 책상 삼아 원고를 쓰고 있었다.

그런 상황에서도 쾌활한 성격을 잃지 않고 흥이 나면 프로 못지않은 기타 솜씨를 보여주었다. 저녁식사로는 쌀보다 밤이 더 많은 밤밥을 대접해주었다.

사후 14년이 지나서야 임종국의 연구가 인정받은 것은 기쁜 일이다. 그리고 그것은 한국 사회가 그만큼 성숙했고 역사를 냉정하게 바라볼 수 있을 정도로 진전되었다는 것을 말해주는 것이라 할 수 있다.

―『홋카이도신문』, 2003.10.28.

거종, 침묵을 강요당한 당시의 상징

1938년 이른 봄, 사토 하루오佐藤春夫, 1892~1964는 니혼대학 전문부 문예과에 유학중이던 청년시인 김종한에게 편지를 쓴다. 김종한이 67편의 시 원고를 들고 하루오의 집을 찾아와 거리낌 없이 강평을 부탁한 것에 대한 답장이었다.

> 당신의 원고를 오늘 보았습니다. 「스페인풍의 연가」, 「대구對句」 등의 시풍도 재미있지만 「거종巨鐘」, 「동면冬眠」의 본격적인 시정詩情을 경애하며, 조선의 옛노래를 번역한 것도 훌륭합니다…….

하루오는 김종한의 재능을 인정하고 앞으로도 창작을 계속하라고 격려했다. 「거종」이라는 작품은 스무 살의 나이로 문단에 막 데뷔했을 때 쓴 작품으로, 지금도 서울시 중심에 있는 보신각의 종을 노래한 것이다. 시험 삼아 번역하면 다음과 같다.

九萬長安을 울리는 巨鐘이

GO · STOP 標示板을 멍하니 바라보며

감개무량히도 침묵하고 있구나……

우렁찬 소래를 질러 새벽을 불으고

幽遠한 餘韻을 끌며 밤을 告 하는 때도 있으련만

지금에 운명을 질머진 그의 가삼이

설을가 애닯을가? 또는 虛無할는가

침묵——

아마도 그는 그에게 남긴 읽은 길을 밟고 있는구나

—「거종」, 『中央』, 1934.3.

여기에서 노래한 거종은 침묵을 강요당한 당시 조선의 상징이라고 할 수 있을 것이다.

그런데 하루오가 편지에서 언급한 「스페인풍의 연가」를 김종한이 생전에 발표한 흔적은 어디에서도 찾을 수가 없다. 몇 년 동안이나 찾아다니다가 최근에야 겨우 알았다. 얼마 전 한국에서 출판된 『작고문인 48인 육필서한집』에 수록된, 김종한이 여성작가 최정희 崔貞熙, 1912~1990에게 보낸 일본어 러브레터가 그 시였다.

나는 고독한 시계입니다 / 당신은 내 안의 진자입니다

딱 두 줄의 연애편지인데 안타까운 마음이 넘쳐난다.

—『홋카이도신문』, 2004.1.20.

각광받지 못하는 초조함

한국을 대표하는 문학잡지 『문학사상』이 금년 3월호에서 '세계문학 속 한국문학의 좌표'라는 특집을 마련했다. 이 특집은 음악, 미술, 무용, 영화 등의 장르에서는 한국의 예술가들이 세계적으로 각광을 받고 있는 것과 달리 문학 분야에서는 왜 세계에서 지방문학의 범위를 벗어날 수 없는가라는 문제의식에서 출발했다고 말할 수 있다. 그 배경에는 한국이 노벨문학상을 받지 못한 데 대한 초조함이 놓여 있는 것처럼 보인다.

한국은 세계가 자국의 문학을 이해할 수 있도록 한국문학번역원을 만들어 1996년 이후 번역 출판을 지원하고 있다. 번역자와 출판사에 상당한 금액을 지원하는 기구다.

그러나 우리 외국인 연구자들은 한국의 그러한 제도나 원망願望과 관계없이 자신에게나 일본사회에나 필요하다고 생각하는 작품을 발견하여 번역 소개하는 자세를 견지하고 싶어 한다.

이 특집과 관련하여 한국의 저명한 문학자, 평론가, 대학교수 145명을 대상으로 한 '세계명작소설 100선'으로 어떤 작품을 선택할 것이냐는 설문조사 결과를 싣고 있다. 그 가운데 베스트 10을 보면, 카뮈의 『이방인』(프랑스), 도스토예프스키의 『카라마조프가의 형제들』(러시아), 톨스토이의 『부활』(러시아), 카프카의 「변신」(독일), 생텍쥐페리의 『어린왕자』(프랑스), 가르시아 마르케스의 『백년의 고독』(콜롬비아), 단테의 『신곡』(이탈리아), 헤밍웨이의 『노인과 바다』(미국), 세르반테스의 『돈키호테』(스페인), 샐린저의 『호밀밭의 파수꾼』(미국) 순이다. 콜롬비아의 마르케스가 6위를 차지하고 있다는 점이 일본과 다른 듯하다.

덧붙이자면 일본문학으로는 가와바타 야스나리의 『설국』이 46위, 무라카미 하루키의 『노르웨이의 숲』이 78위로 얼굴을 내밀고 있다.

—『홋카이도신문』, 2004.4.6.

지금은 여성들이 동경하는 땅

최근 일본과 한국은 민간 차원에서 급속히 심리적 거리를 좁히고 있다. 영화, 요리, 축구, 야구, 가요, 패션 등의 측면에서 특히 그러한데, 그 중에서도 〈겨울소나타〉(원제는 〈겨울연가〉)는 일본에서 폭발적인 인기를 누리고 있는 듯하다. 〈겨울소나타〉 촬영 장소를 찾는 여행상품이 적지 않다고 한다.

실은 이번 여름 나는 지역의 지인들로부터 한국 투어 가이드를 맡아달라는 부탁을 받았다. 〈겨울소나타〉를 낳은 한국의 거리를 걷고, 한국의 보통사람들의 생활을 보고 싶다고 한다. 그 사람들이 한국에 빠져드는 것은 욘사마를 추종하기 때문만이 아니다. 아니, 그 범위를 훌쩍 넘어선다.

한국은 지금 일본 여성이 동경하는 땅으로 바뀌었다. 이는 한일관계사에서 대서특필할 만한 획기적인 사건이다. 대학에서는 한국의 유학생과 일본인 학생의 연애도 상당히 많이 눈에 띈다.

20년, 30년 전에는 부모 자식 간의 인연을 끊겠다는 정도의 각오
가 없으면 한일 간의 연애 따위는 생각할 수조차 없었는데, 요즘 젊
은이들은 아주 간단하게 국경도 민족도 역사도 아무렇지도 않게 넘
어서버린다.

우리 세대가 조선학을 붙들고 씨름할 때에는 '하지 않으면 안 된
다'는 생각으로 출발했다. 나의 경우도 대학원 학생 시절에 청나라
말기의 중국문학을 전공하던 중 그것과 동시대의 조선문학을 이해
하지 않으면 안 된다는 인식에서 초급 조선어를 배우기 시작했다.

요즘의 젊은이들은 그저 좋아서 한반도의 인간과 문화를 접한다.
그 어떤 망설임도 없다. 그것이 오히려 진짜 출발점일 것이다. 다만
한 가지 마음에 걸리는 것은 일본 사회에서 볼 수 있는 북한에 대한
이상한 혐오감과 한국에 대한 동경이라는 괴리 현상이다. 한국에서
는 일본에서와 달리 북한에 대한 혐오감을 찾아보기 어렵다. 한국과
북한은 역사, 언어, 전통문화 그리고 민족의 핏줄까지 공유하고 있
기 때문이다.

—『홋카이도신문』, 2004.6.29.

남북 융합을 위한 교류 진전

대한민국과 조선민주주의인민공화국은 지그재그의 길을 걸으면서 조금씩 화해와 융화의 방향으로 나아가고 있는 것처럼 보인다.

금년 8월 3일부터 7일까지 평양에서 개최된 '제2회 세계조선학대회'는 원래 한국정신문화연구원과 조선사회과학원이 공동으로 주최하기로 했었는데 한국 쪽이 참가할 수 없게 되면서 공동주최는 실현되지 못한 채 대회는 소규모로 끝나고 말았다. 그러나 올해 10월에는 남과 북에서 각각 50명이 참가하는 남북작가대회가 평양에서 열리기로 예정되어 있다.

일본 사회에서는 북한은 비인도적인 암흑사회라는 이미지가 형성되어 있지만 한국에서는 그렇지 않다.

일본인은 남북 양국이 같은 역사, 언어, 문화를 공유하는 같은 민족이라는 사실을 망각해버린 게 아닌가라는 느낌을 지우기 어렵다.

최근의 한국영화 〈태극기 휘날리며〉가 그리고 있듯이 한국전쟁은 말 그대로 동족상잔의 비극이었다. 이러한 비극을 두 번 다시 되풀이하지 않기 위해서는 남북 융화의 길밖에 없다는 생각도 각종 문화교류를 추진하게 하는 하나의 원동력이라 할 수 있을 것이다.

조선작가동맹 기관지 『조선문학』(평양 발행) 2004년 8월호는, 8월 15일이 해방기념일(한국에서는 광복절이라 부른다)이기도 해서 항일투쟁기념호라는 느낌이 강하다. 권순길의 소설 「갈밭」은 일본인 감시하에서 강제노동에 시달리는 조선인 노동자를 그리고 있으며, 박천걸의 시 「역사의 선언」은 "유구한 역사의 이름으로" "영원한 역사의 화근 일본제국주의"를 규탄하고 있다. 일본인으로서는 읽기가 괴로운 특집호이다.

그런데 주목해야 할 것은 동족상잔의 한국전쟁을 경험했으면서도 최근 10년 동안 북한에서 나온 작품 중 한국을 비난하고 규탄하는 것이 극히 적다는 점이다. 일본은 너무 한쪽으로 치우칠 것이 아니라 남북을 등거리에 두고 보는 시점도 필요하지 않을까.

—『홋카이도신문』, 2004.9.14.

남북을 넘어 평가받는 『인간문제』

강경애姜敬愛, 1906~1944라는 작가가 있었다. 지금까지 네 편의 단편소설이 번역되어 있긴 하지만 일본에서는 그다지 알려지지 않은 작가이다. 그러나 그녀가 1930년대 조선근대문학을 대표하는 작가 중 한 사람이라는 것은 틀림없다. 강경애의 대표작은 장편소설 『인간문제』이다. 이 작품의 전반부는 농촌이 무대이다. 소작농의 자식 첫째와 빈농의 딸 선비의 가혹한 생활을 통해 당시의 농민들이 얼마나 비인간적인 생활을 해야만 했는지를 극명하게 그리고 있다.

결국 첫째는 땅을 빼앗기고, 선비는 지주에게 성적 유린을 당하고 마을을 떠나 각각 인천의 공장에서 일하게 된다. 두 사람은 그 후 이런저런 사회적 모순에 부딪치던 중 "인간이 걸어가는 앞길을 가로막는 시커먼 덩어리"를 떨쳐버리지 않으면 안 된다는 인식에 도달한다.

『인간문제』는 조선이 낳은 최고의 문학적 성과 중 하나라 할 수 있다. 당시의 많은 좌익 문학 작품이 관념적이고 추상적인 슬로건만 휘두르는 경향이 강했던 데 비해, 농촌과 도시의 곤궁한 생활을 한 사람 한 사람의 인물 형상을 통해 생생하게 묘사하고 있다. 문학이념을 달리하는 한국과 북한이 한결같이 『인간문제』를 높이 평가하고 있는 것은 이러한 이유 때문일 것이다.

그런데 금년 8월, 강경애의 묘가 북한에 있다는 것이 재일조선인 연구자에 의해 처음으로 밝혀졌다. 묘는 1949년 저명한 문학자들에 의해 조성되었다.

강경애 전집이 한국에서 출판된 것이 1999년. 강경애에 대한 본격적인 연구는 이때부터 시작되었다고 할 수 있을 것이다.

나는 지금 『인간문제』 일본어 번역에 몰두하고 있다. 조선근대문학선집 전 16권 중 한 권으로서 내년 전반까지는 어떻게든 마무리하여 출판할 생각이다.

—『홋카이도신문』, 2004.12.7.

재일조선인의 '모국어 문학'

2004년 11월 11일, 와세다대학에서 와세다대학 조선문화연구회와 해외동포문학편찬사업추진위원회(한국), 재일본조선문학예술동맹(북한)이 공동 주최하여 '재일조선인 조선어문학의 현황과 과제'를 주제로 세미나가 열렸다.

이 세미나의 새로움은 남북의 연구자가 한곳에 모여 해외에 있는 문학자의 작품을 이데올로기를 넘어 논하고자 한다는 점에 있다. 또 하나의 새로움은 재일조선인문학이라면 일본어에 의한 문학 활동을 주목하곤 하는데, 그게 아니라 재일조선인이 모국어로 작품을 쓰는 것을 논하고자 하는 점에 있다.

회의장에는 전전戰前부터 일본에서 살아온 조선인 문학자가 많이 왔고, 그 중에는 한국정부에 의해 쫓겨난 한국인 문학자, 얼마 전 일본으로 온 뉴커머 한국인 등도 있었다.

그들은 작품을 읽어주는 일본 독자는 많지 않지만 자신의 조국의 언어로 쓰는 것이 절대적이라는 의식 하에 창작을 하고 있다.

조선어 문학 작품의 예를 보기로 하자. 「할머니의 전화 목소리」라는 제목의 시이다.

"아이구,

니, 소식 한번 전하지도 않고……"

8순된 이모의 첫마디

흑흑 느끼는 60여해만의 이모 첫마디

이모 등에 업혀 어릴적 나는

땋은 머리를 잡아당기며 "잠자리, 잠자리"라 불렀지

노을진 내 고향 산촌의

'잠자리 머리'도 곱던 처녀때 이모

지금은 백발되여 느껴우는 이모 목소리

지금은 백발되여 찢어지는 내 가슴

"아이구, 귀향도 못하고, 니 어머닌

그만 객지에서 떠나셨다고? 쯧쯧……"

—김학렬, 『종소리』 제20호, 2004.10.

작자는 분단된 지 어언 60년, 전화로나마 이야기를 나눌 수 있었
던 재일조선인 시인이다.

—『홋카이도신문』, 2005.3.8.

나라꽃에 나타난 민족의 기개

한국의 나라꽃國花은 무궁화이다. 토질을 가리지 않고 어느 곳에서나 잘 자라고 꽃피는 기간이 길어서 민족의 강한 끈기와 의지를 상징한다. 한국 고려대학교의 기숙사 길은 양쪽에 무궁화가 심어져 있어서 인상적이었다.

4, 5세기 중국의 문헌에도 조선의 꽃이라 하여 "군자의 나라에 훈화초薰花草가 있다. 아침에 피었다가 저녁에 진다"라고 적혀 있다.

그런데 이 무궁화가 중국이나 일본에서는 상서로운 꽃으로 받아들여지지 않는다. 단명短命의 상징이기 때문이다. 내가 아는 한 일본의 경우는 야마나시 현 일부 지역에서 묘지에 흔히 무궁화를 심는다. 명이 짧은 것을 애도하는 표시일 것이다.

한국에서는 나팔꽃처럼 꽃 하나하나는 단명이라 해도 차례차례 피어 끊이지 않는다는 점에 역점을 둔다. 앞사람이 쓰러져도 그것을 타고 넘어 나아가는 민족의 기개를 나타내는 것이라 할 수 있을 듯하다.

'무궁화無窮花'라는 말은 어쩌면 '목근화木槿花'에서 온 것인지도 모른다. 그렇다면 '무궁화'는 차자借字 표기인 셈이다. 하지만 '무궁화'(끝이 없는 꽃)가 한국에서 나라꽃이 될 수 있었던 것은 많은 희생을 치른 기나긴 고난의 역사가 있었기 때문일 것이다.

근년 한국 남부에서 벚꽃이 가로수로 심어지고 있다. 수십 킬로미터에 이르는 벚꽃길을 달리는 버스에서 보이는 풍경은 보는 자를 압도한다. 한국의 지인에게 벚꽃이 일본의 국화라는 것을 의식하지 않느냐고 물었더니 한국에도 재래종이 있어서 그것을 개량한 것이기 때문에 일본의 벚꽃과는 관계가 없다고 설명했다.

덧붙여 말하자면 북한의 나라꽃에 해당하는 꽃은 모란과 흡사한 심홍빛 김정일화이다. 당과 국가에 대한 충성심의 상징이라고 한다.

—『홋카이도신문』, 2005.5.25.

조선문화를 사랑한 김종한

『김종한 전집』이 도쿄의 로쿠인쇼보緑陰書房에서 간행되었다. 편자는 후지이 다케시藤石貴代, 심원섭沈元燮, 호테이 도시히로布袋敏博, 오무라 마스오 네 명이다. 이 책은 일본과 한국을 통틀어 처음 출간된 김종한(1914~1944)의 전집으로, 조선어로 쓰인 것과 일본어로 쓰인 것을 그대로 영인하여 수록한 850쪽 분량의 저작집이다. 시, 민요, 평론, 서평, 수필, 번역, 좌담회, 편집 후기, 서간에서부터 지인과 관계자의 회상 및 추도문까지 모을 수 있는 한 모든 것을 찾아 수록하고 있다.

김종한은 니혼대학 전문부 예술과를 졸업한 후 한동안 부인화보사婦人畫報社에 근무, 조선문화를 일본에 소개하는 일을 했다. 부인화보사의 여성 사원과 히비야의 레인보우그릴에서 커피를 마시면서 스승으로 모시는 사토 하루오佐藤春夫의 「머나먼 불꽃」을 읊조리며 제법 으스대기도 했다. 야나기다 구니오柳田國男에게 탄복하고 체호

프의 섬세하고 투명한 사랑에 심취했다. 어느 평론에서는 이렇게 말하기도 했다.

"알자스의 한 소년의 이야기, 프랑스어로 쓰인 「마지막 수업」 때문에 도데를 사랑했다. 스즈키 미에키치의 「검은 머리카락」, 「치도리千鳥」의 순정에 17관貫(1관은 약 3.75킬로그램―옮긴이)의 사내가 울기도 했고, 사라져가는 것에 대한 사랑 노래의 아름다움을 구니키다 돗보의 「도요오카 선생」에서 만끽했다."

김종한의 작업은 정말이지 사라져가는 조선문화에 대한 사랑 노래였다.

그는 시 「원정園丁」에서 돌배나무에 어린 사과나무 가지를 접붙이는 모습을 노래한다. 돌배가 조선을, 사과가 일본을 비유한다는 것은 한눈에 알 수 있다. 당시는 '황민화'의 바람이 거세게 몰아치고 있던 시기로, 일본은 돌배의 뿌리를 파헤치고 조선에 사과를 심고자 했다.

김종한은 그것을 옳다고 하지 않았다. 돌배는 돌배 나름대로, 사과는 사과 나름대로 각각 장점과 단점을 가진 평등한 존재라고 생각했다.

김종한의 일본어 시의 한 구절을 소개한다.

손수건처럼 조신하자 하다가
손수건처럼 더러워져 돌아온다

　제2차 세계대전 기간 동안 고뇌 속에서 살다가 서른 살 아까운 나이에 삶을 마감한 김종한. 내 입장에서 말하자면 『김종한 전집』은 「시인 김종한의 경우」(『아사히신문』, 1978.3.3 석간)를 쓴 이래 27년 만에 내놓는 추모비이다.

—『홋카이도신문』, 2005.8.2.

조선어의 아름다움을 오롯이 보여준 시인

1995년 윤동주(1919~1945)의 시비가 교토의 도시샤대학에 세워졌는데, 이번에는 윤동주의 스승이라 할 수 있는 정지용(1902~1950?)의 시비가 내년 봄 같은 도시샤의 캠퍼스에 세워질 예정이라고 한다.

정지용은 조선 근대시의 토대를 쌓아올린 사람 중 한 명이다. 정지용만큼 조선어의 아름다움을 갈고 닦은 시인도 드물다.

1923년, 스물한 살의 나이에 도시샤대학에 입학. 초기에는 기타하라 하쿠슈北原白秋가 주재하는『근대풍경』에도 기고한다. 1929년 귀국, 휘문고등보통학교 영어교사로 일하면서『정지용 시집』,『백록담』을 출판하는 한편 다수의 젊은 시인을 문단으로 내보냈다.

해방 후에는 서울에서 대학교수, 신문사 주간 등을 역임하다가 1950년 한국전쟁 중 "북한으로 갔다"는 말과 함께 소식이 끊겼다. 북으로 갔다는 이유로 그의 시집은 한국에서 금서 취급을 받았는데, 금서 조치가 풀린 것은 1988년 서울올림픽 때이다.

1948년 한국의 시인 윤동주의 시집 『하늘과 바람과 별과 시』가 사후에 출판되었을 때 정지용은 서문을 쓴다. 윤동주가 민족시인으로 간주되는 한편 그의 스승격인 정지용의 저작은 금서로 취급되는 모순이 1988년까지 계속되었던 것이다.

정지용의 시 「가모가와鴨川」를 소개한다.

압천 십릿벌에

해는 저물어 …… 저물어 ……

날이 날마다 님 보내기

목이 자졌다 …… 여울물 소리 ……

찬 모래알 쥐어짜는 찬 사람의 마음,

쥐어짜라. 부수어라. 시원치도 않아라.

(…중략…)

제비 한 쌍 떴다,

비맞이 춤을 추어.

수박 냄새 품어오는 저녁 물바람.

오렌지 껍질 씹는 젊은 나그네의 시름.

압천 십릿벌에

해가 저물어 …… 저물어 ……

　도시샤의 교정에 정지용과 윤동주의 시비가 나란히 서는 것은 일본과 한국의 문화가 얼마나 깊이 연결되어 있는지를 이야기해준다고 말할 수 있을 듯하다.

—『홋카이도신문』, 2005.10.18.

'분단시대'의 표현을 모색하다

한국의 문예잡지 『실천문학』 2005년 가을호가 '다가오는 통일시대의 북한문학'이라는 특집을 마련했다.

2000년 6월 15일 남북 분단 후 김대중이 대통령으로서는 처음으로 평양을 방문해 김정일 총서기와 공동선언을 발표한 이래, 문학 쪽에서는 우여곡절 끝에 2005년 7월 남북작가대회가 어렵사리 실현되었다.

북쪽의 고려항공 전세기편이 남쪽의 인천공항으로 날아와 남쪽 대표를 태우고 고작 50분 만에 평양에 도착했다고 하는데, 60년에 이르는 분단의 세월을 생각하면 감개가 무량하다.

이번의 남북작가대회는 한국과 북한 각각 100명의 작가가 한 자리에 앉아 남북 공동의 '민족문학'을 모색했다는 점이 최대의 성과라 할 수 있을 것이다.

그런데 남쪽의 참가자는 5박 6일 머무는 데 개별적으로 300만 원

(일본 돈으로 30만 엔)이라는 결코 적지 않은 돈을 부담해야 했을 뿐만 아니라 참관하는 곳이 정해져 있어서 두 번째나 세 번째 방문하는 사람에게는 신선미가 떨어졌고, 남북의 작가들이 이름과 자신의 작품을 말한 후에는 별다른 화제가 없었다는 불만의 목소리도 있는 듯하지만, 자신들이 위치하고 있는 현대를 '분단시대'로 규정하고 '통일문학'을 지향하는 점에서는 공통적이다. 우리들은 이러한 움직임에 주목하고자 한다.

최근 북한을 방문한 한국인의 수는 관광객을 포함하여 백만 명을 넘었다고 한다. 이 숫자는 한국의 북한 인식에 영향을 줄 수밖에 없을 것이다.

그런데 2004년도 만해문학상은 북한의 작가 홍석중이 수상했다. 한국에서 북한 작가의 수상은 이것이 처음이다. 이 역시 남북 문학 교류의 일단을 보여준다. 수상작인 장편소설 『황진이』는 대담한 성묘사를 포함하고 있어 화제를 모았다. 이 책이 한국에서 적잖이 팔리자 저자 홍석중이 "본인의 허락 없이 출판되었다"고 하여 서울지방법원에 1억 5천만 원의 손해배상소송을 제기하는 등 그다지 바람직하다고만은 할 수 없는 측면도 없지 않다. 이렇게 되면 남쪽의 황석영과 북쪽의 홍석중이 공동으로 창작한다는 이야기가 현실화할 수 있을지도 의심스러울 수밖에 없다.

—『홋카이도신문』, 2006.1.10.

남북화해에 앞장선 주명구의 인생

한국의 텔레비전 드라마 〈올인〉의 무대가 된 제주도는 피로 얼룩진 역사도 함께 가진 섬이다.

제주도에 살고 있는 작가 오성찬 씨가 작년 『한라구절초』라는 책을 펴냈다. 책의 제목은 이 섬의 한라산에서 피는 국화의 일종에서 따온 것이다. 올해 66세가 되는 오성찬 씨의 4·3사건을 다룬 소설집이다.

4·3사건이란 1948년 대한민국과 조선민주주의인민공화국이 건국되기 직전 남쪽만의 단독선거를 거부하고 남북통일선거를 희구한 제주도 민중을 정부군과 미군이 반공이라는 이름 아래 학살한 사건이다. 한라산에서 버티고 있던 민중을 상대로 1946년 4월 3일부터 약 2년 동안 계속된 전투 결과 섬 인구의 5분의 1에 해당하는 3만 명 이상이 희생되고 마을들이 불태워졌다.

한국 정부는 2003년 10월 31일 공식 사죄했지만 희생자들은 오랜 세월 동안 '빨갱이'라는 누명을 뒤집어써야 했고 유체遺體의 매장 마저 뜻대로 할 수 없었다.

『한라구절초』의 권두에 수록된 「어느 공산주의자에 관한 보고서」는 실존했던 조몽구趙夢九가 모델인데, 소설에서는 주명구朱明九라는 이름으로 등장한다. 그는 산에서 버티고 있던 민중들 가운데 무력투쟁으로는 승산이 없다고 생각하고 무모한 봉기에 반대한 온건파의 지도자였다.

이 때문에 조직에서 제명당한 그는 잠복 중 체포되어 형무소에서 7년을 보낸다. 출소 후 고향으로 돌아오지만 그 마을에서만 희생자가 40명이 넘었기 때문에 평온한 삶은 아예 기대도 할 수 없다.

젊은 시절 사회주의에 공명하면서도 과격한 반정부 투쟁에는 반대했던 그. 공산주의자를 자인하면서도 현실의 북한 사회에 대해서는 환멸을 느끼는 주명구는 마을사람들로부터 말도 안 되는 대접을 받으면서도 어디를 가더라도 자신을 환영해줄 곳은 없을 것이라면서 고향을 떠나지 않는다. 결국 67세의 나이에 고향에서 병사, 공동묘지에 묻힌다.

최근 한국은 남북화해를 모색하고 있는 것처럼 보인다. 이를 위해서는 국내의 융화가 필요할 것이다. 오성찬 씨가 그린 주명구의 인생은 그야말로 화해의 선편을 쥔 것이라고 볼 수 있을 것이다.

덧붙여 말하자면 4·3사건을 소설화한 작품 가운데 일본에서 소개된 것으로는 『순이삼촌』(현기영, 김석범 역, 신칸샤, 2001)이 있다.

—『홋카이도신문』, 2006.4.4.

마음을 씻어주는 서정시

　평양의 문학예술출판사에서 간행하는 월간『조선문학』의 표지에는 '주체 95(2006)'와 같은 식으로 연호가 적혀 있다. 이것은 김일성이 태어난 해를 주체 원년으로 하는 것이다. 『조선문학』에서는 1997년 10월호부터 주체 기원을 사용하고 있다. 일본에서도 쇼와니 헤이세이니 연호를 사용하고 있으므로 꼭 남의 일이라고는 할 수 없겠지만…….

　1947년 9월 창간한『조선문학』은 조선작가동맹중앙위원회 기관지이다. 이 외에『청년문학』,『아동문학』도 있지만『조선문학』이 조선민주주의인민공화국 유일의 일반 문예지이다.

　『조선문학』금년 4월호 통권 702호는 '태양절에 드리는 만민의 축하' 특집으로 꾸며졌는데, 전체가 거의 이 특집으로 채워져 있다. 김일성의 탄생일을 태양절이라 하여 국민적 기념일로 삼고 있는 것이다.

　그러한 딱딱하기 그지없는 축하 분위기 속에서「꽃과 뿌리」와 같은 서정시를 만나면 안도의 한숨을 쉬게 된다.

숲속에

온갖 꽃 만발하고

주렁진 머루, 다래, 잣송이……

온갖 산열매 향기 풍기는데

점심구럭 들고온 우리 로친

멍하니 나를 보며

젊은 날에도 그래못본

다정한 속삭임

내 멀리서 바라보니

령감 백발이

숲속에 뿌리내린 백합같구려

순간 나도 생각 깊어져

말없이 바라만 보았다오

한생 이 숲속에 함께 살아온

로친의 귀밑머리 허연 모습도

숲속에 핀 백도라지꽃 같아서……

— 한기운 연작시 「내 사랑은 푸른 숲」 가운데 「꽃과 뿌리」 전문

누가 뭐래도 한 편의 아름다운 서정시인데, 특집호 전체가 거의 김일성과 김정일에 대한 찬가로 채워져 있는 가운데 이러한 시를 만나면 마음이 개운해진다.

—『홋카이도신문』, 2006.6.20.

한 작품에 텍스트는 13종

'제1회 중국조선민족문학국제학술회의'가 중국 길림성 연변조선자치주의 주도 연길시에 있는 연변대학에서 금년 8월에 열렸다.

중국조선민족문학이란 예전부터 중국(주로 동북지구)에 살고 있었던(해방 후 대다수는 한국과 북한으로 귀국), 또는 현재 중국에 살고 있는 조선민족이 조선어로 쓴 문학을 가리킨다. 회의에는 한국과 중국을 비롯해 일본과 미국의 연구자가 참가했다. 나는 「강경애의 『인간문제』 판본 비교 연구」라는 제목으로 발표를 했다. 강경애의 장편소설 『인간문제』는 1934년 그녀가 28세 되던 해에 쓴 작품이다. 그녀는 집필 당시 길림성 용정에 살면서 조선 본토의 『동아일보』에 이 작품을 연재했다. 이 소설은 전반부에서는 농촌을 배경으로 농민들의 비참한 생활을 묘사하고 있으며, 후반부에서는 도시를 배경으로 노동자의 성장과 각성을 그리고 있다. 실제로 가난한 농민 생활이나 방적공장의 여공 경험이 있었던 만큼 일하는 자들의 군상을 훌륭하게 그려내고 있어 1930년대 리얼리즘문학의 결작이라 할 수 있다.

　나의 발표는 '조선근대문학선집' 전 16권 중 제2권으로 금년 5월 헤이본샤에서 출판한 일본 최초의 번역본 『인간문제』의 부산물이다. 번역을 하기 위해서는 우선 텍스트를 결정해야만 한다. 텍스트는 한국에 9종, 북한에 4종이 있다. 각각 차이는 있지만 이 텍스트들은 크게 두 가지 계통으로 나눌 수 있다. 하나는 신문연재본을 바탕으로 한 한국의 텍스트이고 다른 하나는 강경애 사후 남편인 장하일(張河一, 『노동신문』 부주석)이 정리하여 평양의 노동신문사에서 나온 텍스트다. 둘을 비교하면 상당한 차이가 있다. 예를 들면 『동아일보』 연재에서는 빈농인 첫째와 그의 어머니가 함께 굶주리다가 먹을 것을 둘러싸고 첫째가 어머니를 발로 차는 장면이 나오는데, 노동신문사본에서는 쌍방이 서로 양보하는 모습으로 그려져 있다. 그 후 평양에서는 판을 거듭할수록 '혁명적', '전투적'으로 바뀐다. 북한에서 흔히 볼 수 있는 문학작품의 교과서적 역할을 생각하면 그것은 어쩔 수 없는 일인지도 모르지만 문학 사료를 취급하는 방식에 대해서는 고개를 갸웃거리지 않을 수 없다.

—『홋카이도신문』, 2006.9.6.

사람의 발자취 드문 포로수용소 자리

한국의 남단에 위치한 거제도는 한국에서 제주도 다음으로 큰 섬
이다. 섬이라고는 하지만 현재는 이 섬과 본토를 잇는 다리가 놓여
있어 차를 타고 자유롭게 오갈 수 있다. 섬에는 많은 해수욕장이 있
고 각종 해산물을 먹을 수 있는 가게들이 늘어서 있어서 토요일과 일
요일에는 관광객이 넘쳐나고 있었다.

나도 금년 처음으로 거제도를 다녀왔다. 거제도에서 배를 타고
20분쯤 가면 외도外島라는 섬이 있다. 외도는 섬 전체가 온갖 꽃으로
뒤덮여 있고 꽃을 따라 나비가 춤추는 그야말로 별천지와 같은 곳이
다. 산정의 저택은 〈겨울연가〉의 마지막 장면을 촬영한 곳인데, 많
은 사람들이 이곳을 배경으로 기념사진을 찍고 있었다.

그런데 같은 거제도의 시청사에서 그리 멀지 않은 곳에 거제도포
로수용소 자리가 있다. 한국전쟁 당시 수용소로서는 최대 규모로 총
면적은 360만 평에 이른다. 전시장에서는 포로 생활을 재현한 실물

크기의 인형을 볼 수 있었는데 마치 살아 있는 듯했다. 당시 섬 주민은 10만 명, 전화戰火를 피해 이곳으로 온 피난민은 15만 명이었다. 그리고 북한의 조선인민군 15만 명, 중국의용군 2만 명 합계 17만 명이 이곳에 수용되어 있었다.

포로 취급에 관해서는 제네바협정이 있었지만 미군은 이 협정을 위반하여 협박과 고문으로 본국 송환을 포기하도록 했다. 그 때문에 포로들에 의한 폭동이 일어나 수용소장 닷지 준장이 감금당하는 사태가 발생했다. 결국 잔학 행위를 인정하고 그는 석방되었지만 반공으로 돌아선 포로와 공산 포로의 충돌은 몇 차례나 더 되풀이되었다. 이 때문에 반공 포로 사망자가 2천 명에 달했다고 한다. 수용소 자리의 한 구석에는 그들을 위한 위령비가 세워져 있었지만, 더 많은 희생자를 낳았을 공산 포로의 위령탑은 없었다.

결국 본인의 의지를 확인한 후 2만 7천여 명의 반공 포로는 석방되었고 나머지 대부분은 본국으로 송환되었다. 단, 76명은 조국을 버리고 중립국 인도의 관리 아래 제3국으로 향했다. 아울러 국제연합군 포로 가운데 본국 송환을 원하지 않은 '친공 포로'는 388명이었다.

수용소의 일부가 지금은 공원으로 꾸며져 있지만 찾는 사람은 많지 않다. 왜 그럴까. 한국전쟁의 기억이 풍화하고 있기 때문일까 아니면 너무나 처참한 기억을 되살리고 싶지 않기 때문일까.

—『홋카이도신문』, 2006.11.21.

작은 섬에 감춰진 항일의 역사

　몇 년 전, 한국 남단의 섬 제주도에서 한반도의 남쪽 끝 완도로 가는 배를 탔다. 일본인 승객이 드물었던지 선장이 말을 걸어와 조타실을 구경시켜주기도 하고 이런저런 이야기도 들려주었다. 그 기회에 선장의 권유로 대흥사에서 목포로 가는 여정을 변경하여 완도에서 작은 배로 바꿔 타고 다도해상국립공원의 소안도所安島로 향했다. 호텔도 민박도 없는 소안도에서 선장의 소개로 민가에 들러 융숭한 대접을 받았다.

　이 섬의 중앙 한 계단 높은 곳에 '소안항일운동기념탑'이 있었다. 1990년에 세워진 것이었다. 뒷면의 비문에는 소안도의 역사가 간략하게 적혀 있었다.

　그저 풍광이 깨끗하고 아름다운 관광지라고만 생각하고 있던 나는 이런 조그만 섬에서까지 항일운동이 있었다는 것을 알고 충격을 받았다. 비문에 따르면 1922년 일반인의 기부금으로 건립된 사립 소안학교는 조선총독부로부터 항일투쟁의 총본산으로 지목되어

1927년에 강제 폐쇄되었다. 당시의 상황을 이 섬의 주민은 "섬 이름은 소안이지만 백성은 불안하고 산 이름은 가학산이지만 학은 오지 않네"라고 노래했다. 가학산駕鶴山은 소안도에서 가장 높고 그 모습이 아름다운 산이다.

비문에는 또 일본으로 건너와 재일조선노동총동맹의 집행위원장이 된 정남국鄭南局, 1897~1955, 중국 연변 조선족자치주의 대성중학(현재의 용정중학의 전신 중 하나)에서 수학하고 그곳에서 독립운동에 참가했지만 병을 얻어 섬으로 돌아왔다가 28세의 나이에 사망한 박화국朴化局의 이름도 있었다. 이렇게 보면 새삼 한반도와 중국 및 일본은 서로 뒤얽혀 있고, 세 나라의 근대사는 밀접하게 연결되어 있다는 것을 알 수 있다.

1987년 민주화와 국제화의 파도에 떠밀려 한국의 대통령 전두환(재직 1981~1988)은 민주화선언을 받아들이지 않을 수 없게 된다. 이 비가 세워진 것이 1990년, 한국의 역사문제연구소에서 3천 5백 페이지가 넘는 대저『일제하 사회운동 인명 검색집』이 출판된 것이 1992년이다. 한국은 건국 이래 민족주의를 표방한 독립운동과 항일운동의 지도자들의 자손들에게는 선대의 업적을 기린다는 명목으로 약간의 장학금을 주기도 했지만, 사회주의를 내걸고 독립운동을 한 사람들의 자손들에게는 그때까지 오로지 침묵만을 요구해왔다. 소안도에 의해 그 금기가 깨진 것이다. 나는 탑을 올려다보며 역사의 변천을 생각했다. 그리고 소안도행을 권한 선장의 얼굴을 떠올렸다.

—『홋카이도신문』, 2007.2.7.

피부로 느낀 두터운 도의심

올해 3월부터 인천에 있는 인하대학교에서 초빙교수 자격으로 '동아시아문학비교연구'를 주제로 대학원에서 수업을 하고 있다. 대학에서 연구실과 숙소를 제공해주어 쾌적한 생활을 하고 있다. 한국은 친숙한 곳이고 한국인의 기질도 잘 알고 있긴 하지만 장기간 머물다 보면 문화적 충격을 경험하는 일도 없지 않다.

내가 서툰 한국어로 어렵사리 3시간의 수업을 마치면 학생들은 일제히 '고맙습니다'라고 인사를 한다. 일본에서는 운동부라면 몰라도 대학 수업에서 이렇게 착실하게 인사를 하는 경우는 없다.

게다가 한국인의 친절은 스케일이 크다. 숙소의 복도에서 무거운 물건을 끌고 오는 소리가 들리는가 싶더니 친구가 사과를 골판지 상자 가득 가지고 와서는 먹으라고 한다. 또 생활에 익숙해지기까지는 일용품을 갖추는 것도 불편할 일일 거라며 치약을 가져오는 것까지는 좋은데 아니나 다를까 대형 치약 12개가 든 큼직한 꾸러미를 들고 온다.

이런 적도 있었다.

점심식사 때 교직원식당에서 동료가 '잠깐 화장실에 다녀오겠다'며 일어서더니 계산을 해버린다. 일본의 각자부담과 같은 풍습은 없다. 한국인의 눈에는 차갑게 비치는 것이다. 그러고 보니 한국에는 부의금에 대한 답례도 축의금에 대한 답례도 없다.

경로정신은 일본보다 철저하다. 복잡한 전철에서 자리를 양보 받은 적이 한두 번이 아니다. 일본에서는 경험하지 못했던 일이다.

나의 백발머리가 도움이 된 적도 있다. 지하철 매표소 앞에 서 있으니까 직원이 경로권 즉 무료승차권을 내준다.

그러나 좋은 일만 있었던 것은 아니다. 지인이 일본에서 찾아와 내가 서울 시내를 안내하고 있었을 때의 일이다. 차 안에서 일본어 대화에 귀를 기울이고 있던 노인으로부터 '시끄러워'라는 소리를 들었다. 일본어를 싫어하는 데 역사적 배경이 있다는 것은 알지만 한국의 내셔널리즘 안에서 살고 있다는 생각에 몸이 움츠러들었다.

―『홋카이도신문』, 2007.5.1.

인천의 옛 조계지 관광에 활용

　서울에서 고속도로를 타고 1시간 거리에 있는 인천시는 1883년 개항 직후부터 상하이처럼 조계(외국인이 경찰과 행정을 관리하는 지역)가 있었다. 중국인조계, 일본인조계 그리고 러시아, 독일, 프랑스, 미국 등 서양인을 중심으로 하는 공동조계가 있었다.

　지금도 옛 일본조계지에는 과거의 건물 몇 채가 남아 있다. 1896년에 세워진 주하치은행 인천지점, 1892년에 세워진 고하치은행 인천지점, 1909년에 세워진 다이이치은행 인천지점의 건물은 인천시의 지정문화재로 보존되고 있다. 서울의 조선총독부 건물이 철거된 것과는 대조적이다. 일본인조계는 '한일병합'까지 이어졌다.

　인천시는 중국과 가장 가까운 항만인데다가 지금은 국제공항까지 갖추고 있어서 관광 사업에 힘을 쏟고 있다. 과거의 역사를 남기겠다는 의미도 있을 터이지만 옛 조계지를 역으로 이용한 관광 사업의 일환이라고도 할 수 있을 것이다.

일본은 한반도 곳곳에 신사를 만들었다. 해외에 사는 일본인에게는 마음을 의지할 곳으로 필요했겠지만 신사참배를 조선인 전체에 강요했다는 점에 문제가 있다. 미션계 학교에 마리아나 예수를 짓밟는 식의 신사참배를 강제하고 따르지 않으면 폐교로 몰아넣었다. 인천에서는 1890년 동공원東公園 안 조금 높은 언덕 위에 인천신사가 들어섰다. 현재는 인천여자상업공등학교(국립)의 부지가 된 교정 한 구석에는 신사에서 사용된 석등롱과 석주 그리고 참도參道의 난간석이 남아 있다. 이 고등학교는 1944년 일본인 교장 주도로 발족했고, 일본의 패전과 거의 동시에 인천신사 터로 옮겨와 한국인 교직원에 의해 운영되어왔다.

『인천여상 40년사』에는 '본교의 개교는 일제의 실업 교육 정책의 산물이긴 하지만 여성 교육의 기회가 확대된 것 이상으로 보수적인 사회에서 여성 기능인으로 사회 참여의 길을 열었다'라고 적혀 있다.

—『홋카이도신문』, 2007.7.17.

미래를 비추는 기증 문화재

이번 여름 서울 시내에 있는 국립중앙박물관을 둘러보았다. 미군 기지였던 9만 3천 평의 광대한 부지에 3층 건물의 넓은 전시장이 있었다. 국립중앙박물관은 전에는 조선총독부 건물을 사용했었는데, 그 건물을 허물고 2005년 이곳으로 이전 신축한 것이다. 2층의 절반은 '기증문화재실'인데 이곳에는 국보급 문화재가 전시되어 있다.

기증자 10여 명 가운데 일본인 연구자 세 명이 포함되어 있다. 가네코 가즈시게金子量重, 1925~, 하치우마 다다스八馬理, 1928~, 이우치 이사오井內功, 1911~1992가 그들이다. 가네코는 아시아 각지의 생활용구와 민족악기를 2002년부터 2005년에 걸쳐 1,035점을 기증했다. 하치우마는 청동기시대부터 조선시대에 이르는 시기의 정교한 공예품 383점을 기증했다. 인류의 문화유산은 본래 있었던 장소로 돌려보내야 한다는 생각에 한국에 기증했다고 한다. 이우치는 삼국시대, 통일신라시대, 고려시대, 조선시대의 옛 기와를 기증했다. 이

것도 출토한 장소와 시대를 특정할 수 있는 귀중한 유산이다.

사람이 평생 동안 수집한 미술품이나 고고학 자료를 그대로 해외에 기증하는 것은 그렇게 간단히 할 수 있는 일이 아니다. 무엇보다 연구자로서 정열이 없이는 그렇게까지 수집할 수가 없다. 그것을 만년에 이르러 전부 기증했다고 한다. 나는 전시물에도 감동했지만 그 이상으로 세 사람의 행위 자체에 깊은 인상을 받았다.

다른 한편 박물관 측의 전시 설명도 객관적으로 설득력이 있고 장래 한일 양국의 관계를 주시한 것이었다.

나는 기증 문화재의 전시장에서 좀처럼 발길을 돌릴 수가 없었다.

—『홋카이도신문』, 2007.10.2.

시비가 병사의 사기를 떨어뜨린다?

2007년 봄 문익환文益煥, 1918~1994 목사의 시비詩碑가 도라산에 세워진다는 신문기사를 한국에서 읽었다. 시비가 세워질 장소 및 일시와 함께, 시비 건립 비용 모금을 포함하여 몇 만 엔을 내면 제막식 투어에 참가할 수 있다는 내용도 적혀 있었다.

그 해 9월 나는 정해진 절차를 밟고 도라산으로 향했다. 도라산은 남북 휴전선을 사이에 둔 비무장지대에 있어서 허가 없이는 들어갈 수가 없는 곳이다. 그런데 도라산역에서 내려 아무리 찾아보아도 시비가 보이지 않았다. 역무원에게 물었더니 직전에 시비 건립이 중지되었다고 한다. 이유는 북의 조선인민군과 대치하고 있는 한국군 병사의 사기를 떨어뜨릴 수 있기 때문이라고 한다. 남북을 잇는 화물열차가 매주 1회 다니는 지금 새삼스럽게 무슨 일인가 싶었지만 남북 대결의 엄중한 현실을 다시금 통감하지 않을 수 없었다.

문익환 목사는 남북통일의 상징이다. 박정희, 전두환, 노태우를 잇는 군인 출신 대통령 시절에 여러 차례 투옥되기도 했다. 1976년부터 시작된 옥중생활은 모두 다섯 차례, 투옥 기간은 약 9년에 이른다. 그 사이 1985년에는 한국 정부와 사전 협의 없이 김일성 주석과 두 번에 걸쳐 면담하고 성명문을 발표했다. 귀국 후에는 국가보안법 위반 혐의로 구속되었다.

문익환 목사는 '조국의 자주적 평화통일을 위한 민주협의회'의 공동대표를 맡기도 하는 등 남북의 평화통일을 지향했다. 1992년에는 미국에서 노벨평화상 후보로 추천되기도 했다.

나는 어느 지인의 소개로 서울 북부에 있는 문익환 목사의 집을 방문한 적이 있다. 생각했던 대로 소박한 집에 살고 있었다. 그때 문익환 목사로부터 옥중에서 건강을 유지하기 위해 고안했다는 파스 치료를 받았다. 파스 조각을 경맥 위에 붙이는 치료법이다. 피로하면 쥐가 나곤 하던 나의 발이 한결 나아졌던 것이 기억난다.

사람들은 남북이 통일되는 날 한 몸으로 시인, 목사, 대학교수, 통일운동가를 겸했던 문익환 목사를 민족통일의 선구자로서 그리워할 것이다.

—『홋카이도신문』, 2008.1.8.

확고한 위치를 차지하고 있는 시

서울의 거리에는 시가 넘쳐난다. 공원, 지하철역, 버스정류장, 공공시설, 큰 민간 빌딩 부지 등등에 근현대의 유명한 시인의 시비가 세워져 있다. 시비와 함께 조각도 많다. 이는 큰 건물에는 몇 퍼센트의 공간을 예술작품을 두는 곳으로 할애하도록 하는 나라의 정책 또는 지도에 따른 것임에 틀림없다.

『조선일보』(7.20)에 따르면, 2007년 7월 현재 서울 시내 1,619곳에 국내외의 유명 시인의 시비 1,946점이 있다. 국내외라고는 하지만 해외 문학자의 시비를 본 적이 없기 때문에 대부분은 국내 시인의 시비일 것이다. 아무리 일본에 수출할 정도로 석재가 풍부한 한국이라고는 하지만 2천 기에 가까운 시비를 세우는 데 필요한 비용도 만만치 않을 것이고 그 전에 무엇보다 사회적 합의도 필요할 것이다.

확실히 한국문학 중에서 시의 위상은 일본에 비해 상당히 높고 성격도 조금 다른 듯하다. 한국에서는 대학의 국문과 교수가 세 명이라면 한 사람은 시 전공, 다른 한 사람은 소설 전공, 나머지 한 사람은 평론 전공이다. 그리고 시를 전공하는 교수는 그 자신이 시인인 경우가 많다. 소설가의 경우도 마찬가지다. 일본에서는 시인이나 소설가가 교수를 겸하는 사례가 많지 않다.

한국의 서점의 문학서 코너는 시, 소설, 에세이로 나뉘며, 시는 문학 장르 중에서 확고한 자리를 차지하고 있다. 금년 들어 문학사상사에서 101권에 이르는 '한국 대표 101인 선집'을 간행 중인데, 일본에서는 101권의 시집을 시리즈로 출판하는 것은 생각할 수도 없다.

또 윤동주와 같은 국민시인의 경우, 민간의 윤동주문학선양회가 시인의 이름을 내건 문학상을 제정하고, 계간지를 내며, 매년 강연회와 작품 낭독회를 열기도 한다.

지방 출신인 저명 시인의 경우는 그 지방의 공공단체가 주도하거나 후원하여 매년 행사를 열고, 출판물을 간행한다. 전라북도 전주시의 석정문학회, 충청북도 옥천군의 정지용문학회, 강원도 강릉시의 심연수위원회 등이 그 예이다.

한국인이 시에 얼마나 깊은 애정을 갖고 있는지를 미루어 짐작할 수 있다.

—『홋카이도신문』, 2008.3.11.

세 얼굴을 가진 비극의 문학자

임화, 본명 임인식林仁植이라는 문학자가 있었다. 시인, 평론가, 문학사 연구가라는 세 얼굴을 가진 인물이다. 1929년 도쿄에 유학, 귀국 후 1932년 카프(조선프롤레타리아예술동맹)의 서기장이 된다. 1935년 카프는 일본에 의해 강제 해산된다. 그 후 임화는 조선 최초의 근대문학통사 서술에 몰두하는 한편 민요 등 민족문화를 발굴하는 학예사라는 출판사를 운영한다.

해방 후, 서울에서 '조선문학가동맹'을 조직하여 민주 진영의 결속을 모색하다가 1947년 미군정을 피해 삼팔선을 넘어 북으로 간다. 그런데 한국전쟁 정전협정 직후인 1953년 군사재판에서 미국의 스파이 노릇을 했다 하여 사형선고를 받는다.

프롤레타리아문학의 기수로서 한 시대를 풍미했던 그가 북한을 선택하고, 그곳에서 미국의 스파이로 처형되리라고는 본인도 예상하지 못했을 것이다. '비극의 시인', '운명의 시인'이라고 불리는 이

유이다. 임화가 미국 정보기관에 정보를 흘리고 북한의 전복을 기도
했다는 '죄상'이 사실인지 여부를 우리는 알지 못한다. 다만 박헌영
의 남조선노동당의 활동 방침과 김일성의 정치 노선 사이의 불화와
관련 있다는 것은 확실한 듯하다.

마쓰모토 세이초松本淸張는 1964년 『북의 시인』이라는 책에서 임
화를 주인공으로 내세웠다. 등장인물은 모두 실명이지만 이것은 어
디까지나 픽션이며 사실과는 다르다. 『북의 시인』은 미군정이 개인
의 약점을 이용하여 좌파 인사를 잇달아 농락하는 모습을 생생하게
그리고 있지만, 다루고 있는 소재가 모두 북쪽의 공식기록에 의거하
고 있는 점은 아쉽다.

임화가 태어난 것이 1908년, 지금으로부터 딱 100년 전의 일이다.

—『홋카이도신문』, 2008.6.3.

『통일문학』 첫 남북 공동 편집

『통일문학』 창간호가 2008년 8월 2일에 나왔다. 남북이 함께 편집하고 발행하는 한글 문학 잡지이다.

북쪽에서 단독 출판한 종래의 『통일문학』은 남북과 해외의 작품을 실었고 사십 몇 호까지 발행되었는데, 이번의 『통일문학』은 남북이 공동 편집한 완전히 새로운 잡지이다.

이 잡지의 간행 주체는 '6·15민족문학인협회'이다. '6·15'란 2000년 6월 15일, 대한민국 김대중 대통령과 조선민주주의인민공화국 김정일 국방위원장이 남북정상회담을 갖고 공동선언을 발표한 것에서 유래한다. 그것을 바탕으로 남북의 문학자가 2006년 10월 금강산에 모여 '6·15민족문학인협회'를 만들었다. 그 기관지가 『통일문학』이다.

발간사에 "언어도 하나, 핏줄도 하나, 당연히 마음도 하나"라고 적혀 있듯이, 이 잡지에는 남북 작가들이 인위적 장벽으로 분단된 조국을 앞에 두고 그것을 하나로 되돌리고자 하는 의욕이 넘쳐난다. 목차를 보아도 단편소설의 경우 북쪽 네 편, 남쪽 네 편 그리고 해외동포 한 편의 구성이다.

시의 경우 남쪽 작품부터 남북 각 여덟 편, 해외 두 편, 수필은 두 편씩, 평론은 한 편씩 남북이 대등하게 배열되어 있다. 표기법도 남쪽 작품은 남쪽 표기법을 따르고 북쪽 작품은 북쪽 표기법을 그대로 사용하고 있다.

금년 7월, 심야 외출한 남쪽의 금강산 관광객을 북쪽 병사가 사살한 사건이 일어나는 등 남북교류는 순조롭지만은 않다. 하지만 이 사건에서 부정적인 측면만을 볼 것이 아니라 지금까지 약 이백만 명에 이르는 관광객이 남쪽에서 북쪽을 찾았다는 사실도 간과해서는 안 될 것이다. 일본에서는 한류 붐과 함께 남쪽에 대한 호감도가 높아지고 있는 반면 납치문제 등으로 북쪽에 대해서는 혐오감이 널리 퍼져 있지만, 정작 당사자인 남북에서는 이처럼 착실하게 교류가 이어지고 있다는 것을 우리는 기억해 두어야 할 것이다.

—『홋카이도신문』, 2008.8.26.

전향을 강요당한 프롤레타리아 시인

2008년 10월 24일, 광주의 전남대학교에서 열린 국제심포지엄 '한국인은 일본을 어떻게 보았는가'에서 나는 「김용제가 걸어온 길」이라는 제목으로 기조강연을 했다.

김용제金龍濟, 1909~1994는 일본프롤레타작가동맹의 상근서기로서 일본인과 함께 파시즘에 맞서 싸운 시인이다. 18세에 일본으로 건너온 이래 민족적, 계급적 입장에 선 문학전사였다. 네 차례의 체포, 그 가운데 세 번째에는 4년의 옥고를 치렀고, 그동안 치안유지법을 둘러싸고 대심원(현재의 최고재판소)까지 가는 법정 싸움을 벌였다. 그 후 본국으로 강제 송환되었고 1939년부터 '친일문학'으로 전향한다. '친일문학'이란 일본의 지배를 옹호하고 추종하는 문학을 말한다. 김용제는 『아세아시집』으로 제1회 국어문예총독상을 수상한다. 이 경우 국어란 일본어를 의미한다.

1945년 해방 후, 친일문학은 민족 반역 행위로 간주되었다. 또 한국전쟁을 경험한 한국은 지속적으로 반공정책을 취했다. 김용제는 과거의 친일과 친공이라는 두 가지 의미에서 한국 사회에서 받아들여질 수가 없었고, 또 받아들여지리라고는 생각지도 못한 채 약 반세기를 괴로움 속에서 살다가 죽었다.

이러한 김용제가 2008년이라는 시점에서 새삼스럽게 거론되는 의미는 어디에 있을까. 먼저 남북의 평화적 통일을 지향할 때 북한의 문학이 계승한다고 하는 프롤레타리아문학에 무관심해서는 안 되는 사정이 있는 것처럼 보인다.

나카노 시게하루中野重治의 젊은 벗이자 그의 누이 나카노 레이코와 연인 관계이기도 했던 김용제는 일본문학의 일부분을 담당하고 있다. 그런 김용제를 일본의 문학계가 망각한다는 것은 두 가지 의미에서 태만이다. 하나는 국제적인 벗이 수행한 역할에 둔감하다는 점에서, 다른 하나는 이웃나라의 진보적 문학자에게 친일문학을 강요하여 다시 일어설 수 없게 만든 사실을 직시하려 하지 않는다는 점에서.

—『홋카이도신문』, 2008.12.9.

제주도에 연연하는 이유

1996년 나는 『탐라국의 이야기』를 번역 출판했다. 이는 제주도에 살고 있거나 제주도 출신인 작가들의 단편소설을 모은 것이었다. 다음에는 '제주도 시선집'을 내야겠다고 생각했는데 13년이 지나 올해에야 가까스로 19인의 시인을 선정, 출판할 수 있게 되었다.

왜 제주도에 연연하는가. 역사적으로 보건대 제주도는 고난의 땅이었다. 고려시대에는 원나라에 대한 무력 저항의 최후 거점이었다. 태평양전쟁 중 일본 본토를 방위하기 위해 일본군 5만 8천 명이 제주도에 배치되었고, 지금도 어승생오름에는 옛 일본군 지하사령부 터가 있는데 산 전체를 동굴이 둘러싸고 있다. 1948년부터 동서냉전과 남북분단으로 4만 명에서 5만 명에 이르는 인명을 잃은 4·3 사건을 체험한 섬. 2003년 10월 31일, 노무현 대통령이 국가권력에 의한 과오였다고 공식 사죄하긴 했지만 도민島民의 마음의 상처는 치유되지 않고 있다. 희생자들은 오랜 세월 동안 '빨갱이'라는 누명을 뒤집어써야 했고 유체의 매장마저 뜻대로 할 수 없었다. 바람과 돌 뿐 물이 귀하고 따라서 밭도 없어 근근이 해산물 채취와 목축업으로 가난하게 살아온 섬. 그런 섬에 사는 사람들이 낳은 문학은 무미건조할 리가 없다. 신산하기 그지없는 삶을 이어온 제주도의 문학은 가장 인간적이고 가장 한국적이며, 바로 그런 까닭에 가장 세계적인 문학일 수 있지 않을까.

강중훈의 시 「장끼」의 일부를 인용한다.

4월, 한라산

아버님 무덤가 고사리 장마

그리운 마음 헤아릴 수 없어

여린 손가락으로

눈물 받는 날

"꿩 꿩 장서방

어디 어디 숨었니

나오너―라!"

가시덤불

목만 빼어 물고

너, 누구를 위한 기도 그렇게 간절하나

시인은 1941년 오사카에서 태어났다. 네 살 때 4·3사건을 경험했고, 조부모, 아버지 삼형제를 잃었다. 4·3의 유아 체험을 기아棄兒에 가탁하여 노래한 절창이라 말할 수 있을 듯하다.

—『홋카이도신문』, 2009.3.17.

끝까지 일본인 여성을 사랑한 이중섭

이중섭은 일본에서는 잘 알려져 있지 않지만 한국에서는 억세고 늠름한 소를 그린 화가로서 중학교 교과서에까지 실려 있을 정도로 유명하다. 소의 모습에서 민족의 기개와 힘을 보기 때문이리라.

그는 1916년 지금은 북한에 속하는 평안남도에서 태어나 1956년 영양실조와 간염으로 고생하다가 고독하게 죽었다. 열아홉 살 때 도쿄의 제국미술학교(현재의 무사시노미술학교)에 1년간 유학했으며, 그 후 자유주의자 니시무라 이사쿠西村伊作가 창립한 문화학원에 입학했고, 1938년 자유미술협회전에 공모하여 협회상을 수상했다. 1940년 하급생인 야마모토 마사코山本方子와 사랑에 빠진다. 1940년 문화학원을 졸업하고 귀국, 그해 5월 이중섭을 사모하여 혼자 조선으로 건너온 요시코를 맞아 이중섭 일가는 북한의 원산에서 조선의 전통적인 결혼식을 올린다.

전전戰前 조선인과 일본인의 결혼에는 많은 어려움이 따랐다. 게다가 해방(일본의 패전) 후의 혼란, 삼팔선을 넘어선 월남, 한국전쟁 당시 부산과 제주도에서 계속된 피난생활 ……. 생활은 대단히 어려워진다. 그러자 일본 국적의 요시코와 두 자녀를 재회를 약속하고 일본으로 보낸다. 처자식을 일본으로 돌려보낸 이중섭은 안타까운 마음을 엽서에 담아 보낸다. 엽서에는 제주도에서 지낼 때 아내와 아이들이 물고기나 게와 함께 놀던 모양 등이 그려져 있다.

뿔뿔이 흩어진 가족은 그 후 딱 한 번 일본에서 일주일을 함께 보낸다. 그것은 요시코의 어머니가 당시 농림대신이었던 히로카와 고젠廣川弘禪을 신원보증인으로 내세워 이중섭을 선원 자격으로 일본에 들르게 함으로써 가까스로 실현된 재회였다.

현재 제주도 서귀포시의 해안 가까운 곳에 바다로 이어진 '이중섭로'라고 불리는 길이 있고, 그곳에 시립 이중섭미술관이 있다. 그리고 그 옆에 일가가 피난생활을 보낸 초가집이 보존되어 있는데 그곳에는 그가 단칸 셋방살이를 하던 흔적이 남아 있다. 알전구가 당시 그대로 천정에 외롭게 매달려 있었다.

서귀포에 사는 서정시인 한기팔韓箕八은 이중섭과 요시코 일가의 사랑을 이렇게 노래한다.

木百日紅 그늘에 서면
서귀포가 그대로
환한 꽃밭 속이다.

꽃잎 뜨듯

먼 바다에는

木船 몇 척 떠 있고

서귀동 512번지

알자리동산 단칸방 툇마루

잠든 마사꼬상 거웃 사이로

스믈스믈 기어오르는

아이들과 게

아뿔싸

그 위로 木百日紅 가지 하나

간당간당 흔들리는

한낮.

—『홋카이도신문』, 2009.6.16.

공교육에서도 소외되는 한자

작년 여름 서울의 혼잡한 거리에서 젊은이들이 전단지를 나눠주고 있었다. 뭔가 보았더니 '한문 과목을 도와주세요'라고 큰 글씨로 적혀 있었다.

현재 한국의 신문과 잡지에서는 거의 한자를 사용하지 않고 있으며, 한자 교육은 공교육의 장에서 소외되고 있다. 고등학교 교육과정에서는 선택과목으로 지정되어 있긴 하지만 아무도 선택하고 싶어 하지 않는다. 이대로 가다가는 고전도 읽을 수 없게 될 것이고, 한문학과를 졸업한 학생은 취업도 제대로 되지 않을 것이다. '한문필수과목화추진위원회'의 이름 아래 뿌려진 앞의 전단지에서도 한자를 한 글자도 찾아볼 수 없었다. 그만큼 한자는 대중으로부터 멀어지고 만 것이다.

1446년까지 한반도에서 문자로 사용된 것은 한자밖에 없었다. 물론 조선어는 그보다 훨씬 오래 전부터 있었던 언어이다. 일본의 만

요슈萬葉集와 마찬가지로 어떤 경우에는 한자의 의미를 취하고 어떤 경우에는 한자의 음을 취해 표현해왔다. 그것이 너무 불편하다고 해서 조선조 제4대 왕 세종이 요즘의 아카데미에 해당하는 집현전의 학자들에게 창안하도록 한 것이 훈민정음, 즉 한글이다.

한국에서는 1948년 10월 9일, 대한민국이 성립한 지 채 두 달이 되지 않은 이른 시기에 법률 제6호로서 '한글전용에 관한 법률'이 공포 시행된다. "대한민국의 공용문서는 한글로 쓰되 당분간 필요에 따라 한자를 병용할 수 있다"라고 규정되었다. 그 후 정부의 한자 정책이 일관적이었다고 말하기는 어렵지만 지그재그의 길을 걸으면서 거의 이 방향으로 진행되어 왔다고 말할 수 있다.

한글전용은 일본어 어휘 배척과 함께 한자 사용을 거부하는 내셔널리즘에 의해 지탱된 운동이라고 말할 수 있을 듯하다.

—『홋카이도신문』, 2009.9.29.

번역으로 보는 근대화의 사회 상황

　작년 12월 3일과 4일 이틀 동안 인천에 있는 인하대학교에서 한국, 중국, 일본, 타이완, 베트남의 연구자가 모여 '식민지시대, 동아시아의 언어·문학·종교'라는 전체 주제 아래 '동아시아 한국학 국제심포지엄'이 열렸다.

　제1부 동아시아 언어 속의 '만주', 제2부 제국주의시대의 종교와 전쟁, 제3부 근대전환기 동아시아 서사의 교차, 제4부 동아시아 문학과 언어 속의 식민지에 관하여 각각 열심히 보고와 토론을 했다.

　일본 쪽에서는 니시다 마사루西田勝(식민지문화학회장)가 '만주국'의 일본어문학에 관하여, 오카다 히데키岡田英樹(리쓰메이칸대학)가 '만주'의 면종복배面從腹背하는 중국작가의 고뇌상을, 미키 나오타케三木直大(히로시마대학)가 일본어에서 중국어 문학으로의 건설 과정을, 오무라 마스오가 일본의 대표적 정치소설인 도카이 산시東海散士의 『가인지기우佳人之奇遇』와 그 중국어 번역에 관하여 보고했다.

『가인지기우』는 대형 장편소설로 1885년부터 1897년에 걸쳐 집필되었다. 그동안 사회 정세가 변화했기 때문이기도 하겠지만, 초기에는 아시아 연대감으로 넘쳐났던 것이 후기에 이르면 '한일병합'을 추진하는 방향으로 전환하고 만다.

량치차오梁啓超는 『가인지기우』를 중국어로 번역하다가 마지막 부분에 이르러서 포기해 버린다. 그리고 '조선은 원래 우리나라의 속국인데 도카이 산시가 조선을 일본의 것이라고 주장하는 것은 틀렸다'라고 덧붙인다.

조선에서는 개화기에 중국이나 일본의 정치소설의 번역·번안이 왕성하게 이루어졌다. 야노 류케이矢野龍溪의 『경국미담經國美談』도 두 종류의 번안이 있지만 『가인지기우』의 번역은 한 권도 없다. 조선은, 아니 아시아 여러 나라는 근대화의 과정에서 받아들여야 할 것은 받아들이고 버려야 할 것은 버렸던 것이다.

번역 하나만 해도 한중일 삼국의 사회 상황의 상호 관련 속에서 문제를 파악하지 않으면 안 될 것이다.

—『홋카이도신문』, 2010.1.12.

'팔방미인'은 칭찬하는 말

어느 나라의 말에나 일본어와 다른 표현이나 발상이 있다. 일본어와 조선어(한국어) 사이에도 그러하다.

'하나비에花冷え'라는 말이 있다. 조선어로는 이것을 '꽃을 시새우는 추위'라고 표현한다. 아무리 보아도 인간적이다. '하나이카다花筏'라는 말은 조선어에 없다. '꽃이 뗏목처럼 물 위를 흘러간다'라고 설명하지 않으면 안 된다.

동식물의 이름에 이르면 꽤 흥미롭다. '아카톤보赤とんぼ'는 '고추잠자리'라고 하는데 이는 그 나라의 특색을 잘 보여준다. 일본어의 '구와가타鍬形'는 '사슴벌레'라고 한다. 뿔이 특징적이기 때문일 것이다. '덴토무시天道虫 또는 瓢虫'는 '무당벌레', 춤추는 모습과 모양을 보면 무당을 떠올리기 때문인 듯하다.

그런데 일본어의 '호타루螢'는 '개똥벌레'라 하는데 아무래도 일본인의 이미지에는 맞지 않는다. 생각난 김에 말하자면 '나가레보시

流れ星'도 '별똥'이라고 말한다. '네코猫'는 '고양이'라고 하는데, '고양이 손이라도 빌리고 싶다'라거나 '고양이 눈처럼 바뀐다' 또는 '고양이 이마만 하다'와 같은 표현을 그대로 직역해서는 의미가 통하지 않는다. 각각 '눈코 뜰 새 없이 바쁘다'거나 '변화가 많다' 또는 '손바닥만 하다'로 의역해야만 알아들을 수 있다.

더욱 성가신 것은 같은 말을 사용하더라도 양국에서 의미가 미묘하게 달라지는 경우이다. 이는 꼭 주의해야 한다. '팔방미인'은 일본이나 북한에서는 붙임성이 있긴 하지만 약간 주체성이 없다는 비난 섞인 뉘앙스로 사용되는 것과 달리, 한국에서는 아무리 봐도 흠잡을 데가 없는, 여러 방면에 정통한 사람이라는 칭찬하는 말로 사용된다. '장본인'도 일본이나 북한에서는 나쁜 의미로 사용되지만 한국에서는 '선편을 쥔 사람', '어떤 일에 앞장서거나 무엇을 발견한 사람'이라는 좋은 의미로 사용된다.

이렇게 보면 말만 보아도 일본어와 조선어 사이에는 발상이나 표현의 차이가 있고, 그 차이를 서로 정확하게 인식해야 참된 국제교류가 시작될 수 있으리라는 것을 알 수 있다.

—『홋카이도신문』, 2010.3.30.

제주학의 초석을 놓은 '나비 박사'

한국 사람들은 석주명石宙明, 1908~1950을 존경의 뜻을 담아 '나비 박사'라고 부른다. 하지만 그는 대학에 다닌 적도 학위를 받은 적도 없는 일개 중학교 교사였다. 1926년 지금은 북한에 속하는 개성의 송도고등보통학교(중학교)를 졸업한 후 일본의 가고시마고등농림학교에서 공부했다. '10년 동안 한 가지 일에 집중하면 무엇을 하든 전문가가 될 것'이라는 그 학교 교사의 말을 믿고 나비 연구에 몰두했다.

가고시마의 농림학교를 졸업하고 모교인 송도고등보통학교에서 교사 생활을 한 지 10여 년, 그는 전국을 누빈 끝에 『조선산 나비 총목록』을 저술한다. 이것은 그가 채집한 75만 마리의 나비를 표본으로 하여 연구한 것으로 나비 분류에 획기적인 역할을 했다. 종래 다른 연구자가 날개의 색이나 촉각의 길이 등을 기준으로 하여 844종이라고 했던 데 비해, 그는 새로 발견한 4종을 더해 238종이라고 했다. 나비는 시기나 생활환경에 따라 몸의 크기도 날개의 색깔도 변화한다는 것을 실증하여 나비의 분포도를 작성했다. 나비에 관한 논문은 100편이 넘고, 그 저서는 영국왕실학회에도 소장되어 있다.

그의 조사는 나비에 머물지 않았다. 1943년 경성제대 부속 생약연구소 제주도시험장에서 근무하는 동안 『제주도 방언집』을 저술했고, 나아가 『제주도관계문헌집』, 『제주도 곤충상』 등 여섯 종의 제주도 연구서를 출판했다. 이들은 현재로서는 재조사가 불가능한 귀중한 제주학의 기초가 되고 있다.

지금 제주도 서귀포시의 시험장 터에는 석주명의 비가 세워져 있다. 흉상이 놓인 대좌 앞쪽에 커다란 나비상이 앉아 있고 그 아래 비문이 새겨져 있다. "선생은 제주도와 나비를 너무 사랑했기 때문에 그때 제주 사람들은 그를 '나비 박사'라고 불렀고 지금 우리들은 그를 제주학 연구의 선구자라 칭송한다."

1950년 한국전쟁이 한창일 때 그가 채집한 나비 표본은 불타 사라졌고, 그 자신도 인민군으로 오인되어 총살당했다. 최후의 순간에 "나는 나비밖에 모른다"라고 말한 것으로 알려져 있다. 그의 나이 42세였다.

—『홋카이도신문』, 2010.6.29.

사회를 비추는 비석의 '흉터'

일본의 국회도서관처럼 한국에도 국회의사당 바로 옆에 국회도서관이 있다. 국가적 위신과 기능을 갖고 중심적 역할을 하고 있는데, 문턱이 높아 일반 이용자는 그다지 많지 않다.

그것과는 별도로 국립중앙도서관이 있다. 옛 조선총독부도서관을 계승한 것으로 조금 오래된 책을 찾으려면 이곳을 이용하게 된다. 전 대통령 전두환이 '지식의 전당'인 이 도서관의 현재의 건물을 세웠을 때 함께 돌로 만든 커다란 기념비가 정면 현관 옆에 있고, 거기에 '대통령 전두환'이라고 본인의 필적이 한자로 새겨져 있다. 그 '大統領'의 '大'자에 누군가가 점 하나를 더해 '犬統領'이라고 한 것은 광주사건 등에서 군사독재의 철권을 휘두른 전두환에 대한 비판을 담은 것일까. 물론 보수를 하긴 했으나 지금도 '犬統領'이라고 읽힌다.

다른 한편, 이것은 북한의 비석 이야기인데, 1949년 당시의 문학자들에 의해 여성작가 강경애姜敬愛, 1908~1944의 묘비가 그녀가 태어난 고향과 가까운 황해도 용연에 세워졌다. 강경애는 남과 북 양쪽에서 존경받는 리얼리즘 작가인데, 그 묘비를 세운 몇 명의 문학자들 중에서 딱 한 사람의 이름이 지워져 있다. 지워진 이름은 읽을 수 없지만 아마도 한설야韓雪野, 1900~1976?일 것이다. 한설야는 전전戰前 이기영李箕永, 1895~1984과 함께 조선 프롤레타리아 작가의 쌍벽을 이루는 문학자로 전후에도 북한 문학계의 지도적 위치에서 활약해 왔는데, 1962년 무렵 돌연 문학계에서 모습을 감추었고 그의 저작물도 회수되었다고 한다. 원인에 대해서는 이런저런 소문이 있지만 억측의 범위를 벗어나지 못하고 있다. 강경애를 묘비를 세울 만한 힘을 가진 작가 가운데 훗날 그 이름이 건립자의 이름에서 지워진 것은 한설야밖에 없다고 생각한다.

이쪽에서는 '犬統領'이라고 해서 장난 비슷하게 비판하는 것과 달리 북쪽의 경우는 사상적·문학적 의미를 갖고 있는 듯하다.

—『홋카이도신문』, 2010.9.21.

생활방식을 묻는 '대동아문학자대회'

한국의 거의 중앙에 위치한 대전시에 한국과학기술원(국립대학)이 있다. 이 대학의 인문과학연구소에서 주최한 '제6회 식민지와 문학, 국제학술심포지엄'(좌장 김재용 원광대 교수)이 한국은 물론 중국, 타이완, 일본의 연구자들이 모인 가운데 금년 12월 3일에 열렸다. 이 심포지엄은 해마다 한 번씩 열리는데 올해의 공통 주제는 '다시 아시아주의를 묻는다─대동아문학자대회의 안과 밖'이었다. 보고와 질의응답을 합쳐 한 사람당 70분, 여덟 명이 보고를 했는데 토론이 길어지는 바람에 아침 9시에 시작하여 밤 8시에 끝나는 힘든 스케줄이었다.

'대동아문학자대회'는 두 차례 걸쳐 개최되었는데, 제1회 대회는 1942년 11월 도쿄에서 열렸으며 의장은 기쿠치 간菊池寬, 제2회 대회는 1943년 8월 난징에서 열렸으며 의장은 나가요 요시로長與善郎였다. 일본, 중국(난징정부), 구만주(현 중국 동북지방) 등 각국의 문학자가 모인 가운데 개최된 이 회의의 목적은 '대동아전쟁을 승리로 이끌기' 위해 문화사상면에서 '보국' 방법을 모색하는 것이었다. 조선지구 대표, 타이완지구 대표가 있긴 했지만 이들은 일본대표의 일원으로서 대회가 원활하게 진행되도록 돕는 역할을 했다.

이번 심포지엄에는 일본 쪽에서 세 명이 참가했는데 나는 '대동아문학자대회에 참가한 사람, 참가하지 않은 사람'이라는 제목으로 발표를 했다. 대회에 참가하지 않은 문학자로서 중국의 저우쭤런周作人(루쉰의 아우)과 일본의 다케우치 요시미竹內好를 예로 들어 그들이 참가하지 않은 이유와 경위를 살펴보았다. 한편 대회에 참가한 유진오와 김용제 등 조선대표들의 발언에는 대회에 참가했다고 해서 반드시 민족반역자라고까지 단정 지을 수는 없는 부분이 있다고 말했다.

대동아문학자대회는 부정적인 유산이다. 그러나 곤란한 상황에 직면했을 때 인간이 어떻게 처신하는지를 살피기에는 좋은 재료이다. 대회를 적극적으로 밀고나간 자, 면종복배로 지나간 자, 아예 참가하지 않은 자 등등 저마다의 생활방식에 관련된 문제이다. 그리고 대동아문학자대회에 이르는 일련의 문화상황을 초래한 책임의 문제도 지금까지 그대로 남아 있다.

—『홋카이도신문』, 2010.12.21.

조선어로 그린
고바야시 다키지의 맨얼굴

김용제金龍濟, 1909~1994라는 조선의 시인이 있다. 그는 1927년부터 1937년까지 10년간 일본에 머물렀는데, 그 기간 동안 우우배달이나 신문배달을 하면서 일본어로 시를 썼다.『프롤레타리아 시』,『나프』,『전기戰旗』,『문학평론』등의 잡지에 잇달아 작품을 발표했고, 그것을 모으고 나카노 시게하루의 서문을 붙여『대륙시집』을 펴낼 예정이었으나 압수되는 바람에 미간행으로 끝났다.

1932년 프롤레타리아문학작가동맹이 일제히 적발되었고, 이후 4년 동안을 옥중에서 비전향 상태로 보낸다. 1937년 7월 조선으로 강제 송환되는데, 그해『조선문학』7월호에「회우懷友」라는 제목의 에세이를 발표한다. '작가 고바야시 다키지小林多喜二의 프로필'이라는 부제가 달린 이 글은 고바야시 다키지의 모습을 생생하게 전하고 있어 묻어두기에는 너무 아깝다. 이 글은 조선어로 쓰였기 때문에 일본에서는 소개되지 않았고, 한국은 오랜 기간 반공국가였기 때문에

「회우」가 거론된 적이 없다.

김용제가 작가동맹에 가입하고 작가동맹사무소에서 서기로 일하고 있을 때 당시 서기장이었던 사람이 고바야시 다키지여서 두 사람은 매일 저녁 늦게까지 함께 일에 몰두하곤 했다.

그 무렵 고바야시 다키지는 철저한 화복주의자和服主義者로 양복을 입지 않았다. 배트(담배 상표) 한 상자를 더 사와서 사무소에 놓아두는 배려를 잊지 않았다. 회중시계의 검은 줄을 손가락 사이에 감아서 빙빙 돌리는 습관이 있었다는 것, 사무소의 화장실이 더럽다면서 회의 중에 자리를 빠져나가 근처에 있는 나카노 시게하루 집의 화장실을 사용했다는 것 등을 그립게 추억한다.

고바야시 다키지가 죽었다는 소식을 3개월 후에야 옥중에서 안 김용제의 슬픔은 오죽했겠는가.

1930년대의 김용제는 일본의 식민지 지배에 맞섰고, 많은 일본인 문학자 선배와 벗 그리고 연인에게 둘러싸여 살고 있었다. 강제송환 후 2년이 지나 전향, '친일문학'으로 내달리는데, 그 사실에 대한 비판과는 별도로, 이 글은 조선의 시인이 고바야시 다키지를 어떻게 파악하고 있었는지를 아는 데 귀중한 자료라 할 수 있다.

—『홋카이도신문』, 2011.3.15.

시혼의 원형을 찾아서

윤동주 연구

윤동주라는 조선(한국·북한)의 시인이 있다. 교토의 도시샤대학 재학 중 치안유지법 위반 혐의로 징역 2년의 판결을 받고 복역하다가 1945년 2월 후쿠오카형무소에서 사망한 이 시인은 한국에서 민족시인으로서 많은 사람들의 존경과 사랑을 받고 있으며, 북한에서도 중국 조선족 사이에서도 대단히 높은 평가를 받고 있다. 나라와 이데올로기가 다른 이 사람들 사이에서 윤동주가 이처럼 사랑을 받는 이유는 무엇일까. 그 이유를 나 나름대로 한마디로 말하면 그의 시의 맑고 차가운 서정성과 그의 생활의 처절함 때문인 듯하다.

윤동주는 1930년대부터 1940년대 초반에 걸쳐 조선이 극한적인 어려움을 겪고 있던 시기에 마음속에 감춰둔 격렬한 민족적 저항정신과 기독교적 인간애로 넘치는 서정시 127편(산문 4편 포함)을 남겼으나 생전에 한 권의 시집도 내지 못한 채 스물일곱 살의 나이에 사망했다.

‘한일합병’으로 나라를 빼앗기고, 일본어가 국어로 강요되고, 개인의 이름마저 일본식으로 바꿔야 했던 상황 속에서 윤동주는 그의 「서시」에 적혀 있는 대로 “죽는 날까지 하늘을 우러러 한 점 부끄럼이 없기를” 바라면서 “모든 죽어가는 것을 사랑”하고 “나에게 주어진 길을 걸어가야겠다”는 소명감 아래, 민족이 나아갈 길과 자신이 살아갈 길을 겹쳐놓았던 것이다. 여기에서 말하는 “모든 죽어가는 것”이란 개개인의 생명체뿐만 아니라 민족의 문화와 생활습관까지 포함한다고 해석할 수 있다. 그리고 또 “주어진 길”이란 타자로부터 강제된 것이 아니라 시인 스스로의 인간적 양심과 자기의 신념에 따른 내면의 외침이었다.

윤동주는 필명을 ‘尹童舟’라 했으며 동요시인으로 출발했다. 1938년 5월에 쓴, 비교적 초기 작품에 속하는 「산울림」의 전문을 인용한다.

까치가 울어서
산울림,
아무도 못 들은
산울림.

까치가 들었다
산울림,
저 혼자 들었다
산울림

산 속에서 우는 까마귀의 메아리를 노래한 것인데 고독감이 스며 나오는 작품이라 할 수 있을 듯하다.

그 후 윤동주는 사회의 다양한 모순에 부딪혀 얼마간의 좌절을 경험한다. 조선 국내에서는 진학할 길이 없어 일본에 유학하게 되는데, 유학 때문에 히라누마 도주平沼東柱로 창씨개명을 해야만 했던 것도 하나의 좌절이었다. 좌절을 경험할 때마다 그의 시는 더욱 깊어지고 이와 함께 동요 동시의 세계에서 한 걸음씩 나아가지 않을 수 없었다. 그가 1941년 11월 원고용지를 묶어 열아홉 편의 자필 자선 시집 세 부를 만들었을 때 1938년 이전의 시는 두 편밖에 들어 있지 않았다.

내가 본격적으로 윤동주에게 매달린 것은 1985년 이후이다. 이전부터 그가 태어나고 자란 중국 길림성 용정시(당시는 용정촌) 일대에 가서 자료를 수집하고 싶다는 생각을 갖고 있었는데 그해 가까스로 기회가 찾아왔다. 문자자료는 하나도 얻지 못했지만 연변대학과 용정중학 관계자 여러분들의 협력으로 다행히도 윤동주의 묘를 찾을 수가 있었다.

가까운 친척은 한국으로 떠나고 40년 동안 방치되어온 윤동주의 묘는 고국 한반도를 향하여 산 정상 가까운 경사지에 앉아 있었다. 오촌이나 칠촌 친척은 가까운 곳에 살고 있었으나 한국으로 떠난 기독교 신자인 윤 씨 집안사람들과 관계를 가지면 사회적 규탄을 받을 지도 몰랐기 때문에 이렇게 방치되어 있었던 것이다. 중국과 한국은 당시 국교가 없었고, 중국 사람들은 윤동주가 한국에서 민족시인으로서 존경을 받고 있는 것을 몰랐으며, 친척도 동주가 시를 썼다는 것을 알지 못했다.

우리들은 조선의 전통 형식에 따라 윤동주의 제사를 지냈다. 연변 민속박물관에서 놋쇠 제기를 빌려 제물을 갖추고 중국과 조선의 국경을 흐르는 두만강의 물고기를 묘 앞에 바쳤다.

윤동주의 묘 앞에서 제사를 지낸 이후 나는 주로 윤동주에 관한 실증적 연구에 힘을 쏟아왔다. 그가 다닌 소학교·중학교·교회의 터, 그의 집이 있던 자리 등 당시의 정신적 풍토를 재현하는 데에도 공을 들였다. 서울 시절과 일본 유학 시절에 어떤 책을 읽었는지, 장서가 남아 있는 경우 그 책에 어떤 글자를 써넣었는지, 대체로 당시 일본의 문학 조류나 일본에 소개된 유럽 문학의 어떤 면을 어떻게 흡수 또는 거부했는지, 그가 남긴 네 권의 스크랩북에 붙어 있는 기사의 출처는 어느 신문의 몇 년 몇 월 며칠 치인지 등등을 조사했다. 그리고 그의 사후에 나온 각종 윤동주 시집의 판본을 비교 연구하여 어느 정도 그 실상을 밝힐 수 있었다.

그런데 이와 같은 이른바 고증에 속하는 작업은 논論을 중시하는 한국에서는 그다지 평판이 좋지 않다. 약 10년 전 나는 한국에서 열린 어떤 심포지엄에서 윤동주의 독서 이력에 관해 발표를 한 적이 있는데, 그 자리에서 한국의 젊은 연구자들로부터 그런 고증은 아무런 의미도 없다, 그것보다 당신이 그런 사실을 알기 전과 안 후 윤동주에 대한 인식이 어떻게 바뀌었는지를 말하라는 비판을 받았다. 그럼에도 나는 이러한 조사나 기초연구는 윤동주의 이해에 필수불가결하다고 믿고 의연하게 작업을 계속해왔다. 그 연장선상에 『사진판 윤동주 자필 시고 전집』(민음사, 1999)이 있다. 이 책은 현존하는 윤동주의 모든 필적을 컬러 사진으로 싣고, 시 원고의 최종형뿐만 아니라 모든 퇴고 과정을 분명하게 보여주고자 주를 단 것이다. 이 작업은 윤동주 유가족 대표로 원고를 보관해온 윤인석 씨와 한국의 중견연구자 두 사람 그리고 나 모두 네 사람이 맡았다. 1년 2개월에 걸친 필자의 한국 체재를 포함해 2년 1개월 만에 우리들은 가까스로 작업을 마칠 수 있었다.

윤동주의 창작노트와 육필원고를 직접 접하는 감격에 떨면서 시인의 퇴고의 흔적을 더듬어가다가 우리들은 많은 것을 배울 수가 있었다. 그 가운데 하나의 예를 들어보기로 한다. 「곡간谷間」이라는 시가 있다. 산골짜기에 있는 촌락의 풍경을 노래한 4연으로 이루어진 시이다.

산들이 두 줄로 줄달음질 치고,
여울이 소리쳐 목이 잦았다.
한여름의 해님이 구름을 타고
이 골짜기를 빠르게도 건너련다.

산등아리에 송아지 뿔처럼,
울뚝불뚝이 어린 바위가 솟고
얼룩소의 부드라운 털이
산등서리에 퍼 — 렇게 자랐다.

삼 년 만에 고향에 찾아드는

산골 나그네의 발걸음이

타박타박 땅을 고눈다.

벌거숭이 두루미 다리 같이……

헌 신짝이 지팡이 끝에

모가지를 매달아 늘어지고,

까치가 새끼의 날발을 태우려 날 뿐,

골짝은 나그네의 마음처럼 고요하다.

현재의 윤동주 시집에 실려 있는 「곡간」은 이상과 같이 4연으로 이루어져 있다. 그런데 이 시는 원래 6연으로 이루어져 있었다. 그것은 원고를 보면 확인할 수 있다.

버러지들이 연달아 노래하고,

집이 있으니 사랑도 있을 것이다.

가담가담 논둑도 있다

늙은이와 젊은이의 물싸움을 본다. (5연)

갓 쓴 양반 당나귀 타고, 모른 척 지나고,

이 땅에 드물던

말 탄 섬나라 사람이

길을 묻고 지남이 이상한 일이다.

다시, 골짝은 고요하다. 나그네의 마음보다. (6연)

　윤동주는 먼저 5연을 삭제하고 다음 단계에서 6연도 삭제했다. 현재 시집에 있는 4연까지를 보면 이 시는 골짜기의 고요한 산촌 풍경을 노래한 서경시라 할 수 있지만, 원형을 보면 물싸움을 하는 노인과 젊은이, 당나귀를 탄 양반과 말을 탄 일본인이 등장한다. 3년 만에 돌아온 고향에서 이전에는 볼 수 없었던 일본인을 보게 되고, 그 일본인이 지나가면 산마을에는 또 정적이 찾아온다고 노래하고 있다.

　윤동주는 왜 전통적인 양반과 이 땅에 드물던 일본인을 등장시킨 것일까. 또 왜 나중에 이 부분을 삭제한 것일까. 원래의 원고를 보지 않는 한 이러한 의문은 생기지 않는다.

　퇴고의 과정을 꼼꼼하게 검토하는 것은 윤동주의 사고와 발상을 아는 데 하나의 유효한 방법이라고 생각한다. 『사진판 윤동주 자필 시고 전집』이 공개됨으로써 윤동주의 원형을 남김없이 확인할 수 있게 되었다. 윤동주 연구는 이제 새로운 단계에 접어들었다고 할 수 있을 것이다.

― 『니시니혼신문』, 2004.2.11・13.

임종국 선생님을 그리며

임종국 선생과 언제부터 서신 왕래가 시작되었는지 확실한 기억
은 없다. 임종국 선생에게서 온 편지 23통이 현재 내 수중에 있는데,
초기 것은 몇 편 빠진 듯하다.

고려서림高麗書林 판『친일문학론』이 번역되어 나온 것이 1976년
12월 10일이니, 번역 도중 편지로 이런저런 이야기를 나눴을 터인
데, 76년 이전 것은 한 통도 남아 있지 않다.[1]

새해 복 많이 받으십시오. 올해 선생님과 선생님의 댁내에 건강과 행복
이 깃드시기를 빕니다. 여기서는 선생님의 엽서를 어제 감사하게 받았습
니다. 제 쪽에서 늦어져서 죄송하기 이를 데 없습니다.

그런데, 엽서 문면으로 봐서는, 고려高麗의 박광수 사장님과 아직 연락
이 닿지 않은 상태인 것으로 생각됩니다만, 지난 12월 10일 선생님의 편

---

1 후에 30여 통의 편지를 찾아내서, 유가족에게 복사하여 드렸다.

지와 송금 및 책을 잘 받았습니다. 박사장님은 12월 14일에 귀국하셨습니다만, 그 후 박사장님께 선생님께 드리는 편지와 초라한 선물 그리고 책 6권을 부탁드리는 폐를 끼쳤습니다. 품목은 다음과 같습니다.

『동양지광東洋之光』, 『국민문학國民文學』 계 6책

소병풍 1개

인삼 및 인삼차 각 1상자

연煙수정 목걸이 각 1상자

편지 1통

(…중략…)

그리고, 나온 김에 말씀드립니다만, 금년쯤 내한하실 기회는 없으시겠습니까. 와이프하고도 이야기를 하고 있었습니다만, 번잡한 호텔보다는 제 집에 민박 식으로 한번 모실 기회를 얻고 싶다고 와이프도 그랬습니다. 사모님과 같이 오시면 너무 좋겠다고 저희 부부도 이야기를 나누고 있는 참입니다. 제 아내도 이번 선생님의 노고와 호의를 사무치게 감사하게 생각하고 있는 모양입니다.

—1977년 1월 6일

인세라고 해야 겨우 1,000부, 그것도 원저자 50%, 역자 50%의 비율로 나눈 것이니, 대수롭지 않은 금액이었는데도, 그토록 감격하시고 한국 풍속을 자수해 넣은 소병풍과 아내를 위한 흑수정 목걸이까지 보내주신 것이었다.

두 번째 편지는 『친일문학론』 번역이 나온 뒤 한 달 정도 지난 뒤의 것이다.

오무라 선생님

엄동시절에 잘 지내고 계십니까. 전에 내한하신 고려의 사장님으로부터 지갑 2개, 시계 1개, 크레용 2개 감사하게 잘 받았습니다. 그렇게까지 마음 쓰시지 않아도 좋으실 것을, 오히려 폐를 끼쳐드린 것 같아 죄송하기 짝이 없었습니다. 어쨌든 제일 즐거워한 것은 딸을 비롯한 애들이었습니다. 와이프도 대만족인지 외출하거나 시장에 갈 때는 정해놓고 선생님께서 주신 지갑을 꺼내 들고는 저를 보고 생긋 웃습니다. 덕분에 우리 부부 사이까지 잉꼬부부가 되었습니다. 거듭 깊이 감사드립니다.

―1977년 1월 30일

지금 생각하면 우송하면 될 것을, 고려서림의 박광수 사장은 인편으로 싫은 표정 한 번 없이 저자와 역자 사이를 왕복해 주었다.

오래간만입니다. 혹서酷暑 중일 터입니다만, 별고 없으십니까. 여기는 연일 30~33도의 혹서로 온통 비명입니다. 바다가 가까우시니 선생님 댁은 청풍자래淸風自來 경境이시겠지요.

이번 『대화』지에 제 원고가 실렸습니다. 보잘것없습니다만, 선생님께 일독을 부탁드리고 싶어서 잡지 1권을 별송합니다. 틈나실 때 일독하시고 아무 때건 혹독한 편달 부탁드립니다.

그리고, 이런 원고나 써대고 이놈은 반일가로구나, 하고 선생님께 미움을 받을지도 모르겠습니다. 변명은 아닙니다만, 제가 반감을 갖고 있다고 한다면, 그건 식민지시대지, 일본 자체는 절대로 아닙니다. 전후의 눈부신 발전상이든가, 그것을 이룩한 일본인의 저력 등에 대해서는 저 나름대로 경의를 품고 있습니다. 또 식민지 시대라 해도, 결국은 자업자득이니, 일본만 미워할 수도 없는 일이겠지요.

— 1977년 8월 23일

임종국 선생의 일생은 식민지시대 일본과 그것을 야기한 친일 인사에 대한 규탄의 생애였다.

내가 처음 임종국 선생 댁을 방문한 것은, 1981년 3월 1일이다. 천안역에서 버스를 타고 가다가, 내려서 30분 정도 산을 넘어서 가는 곳으로, 차도 다니지 않는 곳이었다. 경운기로 집을 세울 재료를 날랐다고 한다. 하늘색 슬레이트 지붕에 장작을 지피는 온돌집이었다. 전기도 들어오지 않는 자가발전식이었다. 산 밑까지 전기가 들어오지 않았으며, 우편배달도 되지 않았다. 산 아래쪽 가게에 우편물과 신문을 맡아달라고 부탁해 놓았다가 하루 한 번씩 가지러 가는 생활을 하고 있었다. 책상도 없어 사과상자를 엎어놓고 쓰고 있었다. 이거야말로 멋지다, 대장부답다, 무서운 신념을 지닌 이가 여기 있구나, 생각했다.

『친일문학론』은 춘추필법으로 쓰인 것이다. 주관적인 비난, 중상의 언어는 한 군데도 없으며, 오로지 사실만을 축적해감으로써, 해방 전의 문화 상황과 문인들의 발언을 재현해냈다. 저명인이건, 권력자이건, 대학의 은사이건, 그리고 자신의 부친이건 간에 집필에 임할 때는 붓을 굽히는 적이 없었다. 임선생은 당연히 한국 사회로부터 외면을 당했으며, 심한 경우에는 협박을 받았다. 무직無職생활을 강요당했음은 물론이다.

허나 생계야 이어야 하는 법. 천안 교외에 있는 값싼 땅을 구입하여 과수원을 시작한 것이었다. 연구자와 과수원 경영자, 이 두 가지 '직업'을 갖고 있었기 때문에, 품이 많이 드는 복숭아나 배는 그만두고, 밤만 주 수입원으로 삼고 있었다. 그 즈음 임선생 댁을 방문한 것이었다. 장작 온돌은 기분이 좋았다. 부드러운 온기와 낙엽 타는 냄새 속에서 하루 저녁을 선생 댁에 묵었다.

그때 나는 중학교 1학년이 된 딸을 데리고 갔었다. 국민학교 2~3학년 무렵이었던 임선생의 딸이, 우리 딸이 낀 빨간 장갑을 유심히 보고 있었다. 딸은, 갖고 싶은가보다 하고 장갑을 벗어준 셈으로 있었다. 그런데 다음날 그것이 세탁되어 되돌아 온 것이었다. 아아, 때가 묻었으니까 빨아드린다는 의미였구나, 하고 딸은 감격해 했다. 말은 안 통하나, 딸들끼리 마음이 통하고 있었다.

근대 한일관계를 조사하고 있으면, 대동아공영권이란 것은, 이상 그 자체는 옳았던 것이 아닌가 하는 생각이 가끔씩 듭니다. 동아 각국의 정황이든 일본의 군부 파시즘이든 그런 이상이 상당 부분 굴절되어 버린 감이 없지는 않습니다만…… . 동아를 위한 동아라는 국민적 이상, 국민적 정열을 지니고 있었다는 것만으로도 그 시대 사람들은 행복했겠다 하는 생각이 들 때도 있습니다. 이 시대 사람들은 한국인도 또 일본 분들도 별로 이렇다 할 만한 국민적 이상이나 정열을 갖고 있지 않은 듯합니다만……. 인간이란 결국은 신념 ─ 비록 그릇된 신념이라 하더라도? ─ 으로 불타오를 수 있을 때가 가장 행복한 것이 아닌가 생각됩니다만……. 외부의 영향을 극복할 만한 신념과 정열 없이 그저 짓눌려만 있는 상황이 제일 불행한 일이 아니겠습니까. 이런 걸 생각하고 있으면 머리가 복잡해집니다만…….

─1984년 6월 25일

임종국 선생은 바로 신념의 인간이었다.

오무라 선생님

오래간만입니다만, 변함없이 건승하시리라고 생각합니다. 저도 덕택에 건강하게 지내고 있습니다.

보고가 늦었습니다만, 저는 지난 10월 말쯤에 서울로 올라왔습니다. 자료 조사 때문입니다만, 주머니 사정으로 미뤄온 계획이 어떻게 실현을 보게 되었습니다. 하지만 휴학 중인 아들 ─ 중학교 1학년생? ─ 과 둘이서 하숙을 합니다만, 점심 제공 없는 하숙비만 해도 월 25만원이어서, 교통비와 점심값 따위로 월 40~50만원 지출이 되어 버립니다. 어쩔 수 없이 나이 50줄에 들어선 지 오래인 제가 방을 세내서 자취를 하는 꼴이 되어버렸습니다.

그런데, 요즘 두 달 정도 걸려서 "총독부 관보" 조사를 완전히 끝냈습니다만, 1년에 평균 600~700매 복사를 했으니까, 35년분 총계 2만 매 이상이나 되는 굉장한 작업이었습니다. 이것은 어떻든 완료 단계입니다만, 그 다음이 『매일신보』로 종전終戰 전前 약 10년분에 대한 조사입니다. 이 놈은 복사도 할 수 없으니 할 수 없이 필사를 할 예정입니다. 아들을 조수로 삼고 2개월 정도 시간을 들이면 어떻게든 완성될 것으로 예정하고 있습니다만, 오무라 선생님께서 필요하신 부분도 그 때 함께 작업할 심산으로 있습니다. 물론, 문학관계 필사만이라면 2개월이나 걸릴 이유는 없습니다만, 제가 필요한 분야도 포함되어 있으니 열심히 해도 2~3개월은 걸리겠지요. 필사 1장이 완성되면 그걸 복사하면 되니까, 제 필요분 조사에 이어 오무라 선생님의 필요분도 완성되겠지요. 이 작업은 "관보"가 끝나자마자 1월 10일 경부터 들러붙게 될 겁니다. 여러 가지 급한 일이시라고는 생각합니다만, 좀 더 기다리시면 쓰실 수 있게 될 것으로 생각합니다.

저는 현재의 작업을 먼저 완료하기 위해서 내년 4월까지 서울에 체재하게 될 겁니다. 전후 6개월이나 집을 비웠으니, 그 사이에 와이프가 도망이라도 가면 참 큰일입니다만……. 하지만, 머리칼이 반백이 된 인간이 쌀을 일구는 것도 그렇게 나쁘지만은 않은 생활입니다. 가족을 부양하느라 여기저기 신경을 써 온 생활에 비해, 지금은 밖의 일 걱정 없이 자료 조사에만 몰두할 수 있으니 마음이 자유롭고 넓어지는 참입니다.

한일 관계가 최근 점점 농밀해지는 것 같지요? 일전 현해탄에서 개최되었던 '바보 회담', 그거 별로 안 좋았던 것 같습니다. 이쪽 출석자가 사과하라고 요구했다는데, 침략한 쪽도 나쁘지만, 침략당한 쪽도 나쁘겠지요. 새삼스럽게 사과한다고 해서 뭔 일이 이뤄질 리도 만무하구요. 그런 것보다도 해방 전 일들의 뒷처리? 예를 들면 사할린 징용노무자의 귀국 문제 해결 같은 게 더 긴요한 대목이겠지요. 양국의 지성인들이 좀 더 이성적으로 되었으면 하는 기분이었습니다.

그럼 이쯤에서 실례하겠습니다. 이 편지는 연하장 대신 드리는 참이니, 연하장은 생략하겠습니다. 저는 4월까지는 여기 머물 예정이오니 용건은 봉투의 주소로 보내주시면 감사하겠습니다. 건승을 빕니다. 그럼 안녕히 계십시오…….

—1984년 12월 17일

임종국 선생의 작업은 폭이 넓고 깊다. 도저히 개인의 힘으로 될 수 있는 일이 아니다. 임선생도 그걸 알고 있었다.

변함없이 건승하시리라 믿습니다.

저희도 덕택에 무사히 지내고 있습니다.

일전에 보내주신 10만원 잘 받았습니다. 그냥 놔두셔도 좋을 것을 이렇게까지 신경을 써주시니 정말로 죄송합니다.

모처럼의 송금을 되돌려드리는 것도 실례겠고, 또 반송 수속도 너무 복잡해서 어쩔 수 없이 받기는 했습니다만, 아무래도 거북한 심정입니다. 일단 차용한 셈으로 해 두시고, 어떻게 자료가 될 만한 복사물이라도 보내드리면 어떻겠습니까? 쓸 만한 것은 없습니다만, 『녹기綠旗』라면 — 여기서는 유일본일지도 모릅니다만 — 갖고 있습니다만……. 실례가 아니라면 현재 일을 끝내고 집에 돌아가는 대로 복사를 하고 싶습니다.

(…중략…)

제 일은 규모가 꽤 거창한 편입니다. 1876~1945년의 정치·행정·문화·종교 등 사회 전반을 대상으로 200자 15,000매 정도를 계획하고 있습니다. 탈고까지는 대략 5~6년 내지 7~8년 걸릴 테지요. 연구장려비 같은 걸 받을 수 있는 분야도 아니고. 개인 작업치고는 좀 요란한 거라서, 낯선 홀아비 생활에 체중이 3킬로 정도 줄고 말았습니다. 저야 호리호리한 편이니 감량 3킬로 정도면 몸집 좋은 이의 10킬로 남짓은 되겠지요. 56세가 될 때까지 체중이 제일 많이 빠졌던 게 2킬로 남짓 빠졌던 것이 유일하니까요.

5년 후에 한국에 오신다는 말씀 반가웠습니다. 그때까지 목숨을 이을 수 있을지 모르겠습니다만, 즐겁게 기다려지는군요. 밥벌레 수명이 56세나 되고 보니 슬슬 저 세상 준비를 생각하게 되는 참입니다. 지금 작업도 실은 그것을 전제로 한 것입니다만…….

쓸데없는 이야기가 되어 버렸습니다.

그럼 이쯤에서 실례하겠습니다. 주소가 바뀌셨습니다만, 이사라도 하신 참이십니까?

건승을 빕니다. 안녕히 계십시오.

—1985년 2월 5일

서울과 천안에서의 이중생활, 그중 서울에서의 자취생활은 감당하시기 어려웠던 것 같다.

그간 변함없이 건승하시리라 믿습니다.

저는 그간 서울에서 자료조사에 매진하고 있었습니다만, 5월말 경 어중간한 상태로 돌아오고 말았습니다. 나이 탓인지, 홀로 자취 생활이 무리였던 듯, 병이 들어버렸습니다. 꼬박 이틀을 먹는 둥 마는 둥 하다가 겨우 기어 돌아와선 한 달 남짓 누워있었습니다. 조금 회복은 되었습니다만, 복사물도 도착하지 않고 해서 아내한테 부탁해서 가져오도록 한 참입니다. 작업이 중도하차 꼴이 되어버렸습니다만, 현재로서는 어쩔 도리가 없으니, 올 겨울에 권토중래捲土重來, 상경해서 뒷처리를 할 심산입니다. 건강은 최근 그럭저럭인 상태입니다.

(…중략…)

돌아와 두 달이나 지난 최근 『매일신보每日申報』가 경인문화사에서 1940년분까지 영인 발행되었습니다. 1945년분까지도 계속해서 영인 발행하게 될 것 같습니다만, 아직 나오지는 않았습니다. 1940년까지가 50여 책으로 한화 360만원이라는 거금인 듯합니다. 1941~45년은 친일기사 관계로 영인 발행이 가능할지 어떨지 현재로서는 아직 알기 어렵습니다.

매일신보 1책 및 "蓬島物語(쑥섬 이야기)"와 "静かなる嵐(고요한 폭풍)"는 도서관 원본의 지질이 나빠서 복사가 이 이상 선명해질 수 없음을 이해해주시길 바랍니다. 정인택의 "淸凉里界隈(청량리 근처)" 등(단행본)은 소지하고 계시던가요? 필요하시면 말씀해주시길 바랍니다.

일전 주소가 달랐습니다만, 미나미 이이즈카南飯塚에서 이사하신 건지, 일시적인 이동인지 잘 알 수 없어서 학교로 보내드립니다.

그럼 이쯤에서 실례하겠습니다.

건승을 빕니다.

안녕히 계십시오.

—1985년 8월 18일

　두 번째 방문은 1987년 9월 4일이었다. 이번에는 아내와 함께였다. 마침 밤 수확 시기였다. 나는 입이 빠끔 벌어진 밤 열매를, 긴 장대로 두들겼다. 재미있게도 밤이 떨어졌다. 임선생은 기관지가 나빠서, 조금만 산길을 오르면 숨이 막혀서 길가에 주저앉아 "소연아, 소연아" 하고 딸을 불러서는, 나의 밤줍기 작업을 돕게 했다.

　그날 저녁밥은 밤이 듬뿍 들어간 밤밥을 대접받았다. 아니 밤에 쌀알이 붙어 있는 밥밤을 먹었다. 맛있게 먹었지만, 선생의 건강이 염려스러웠다. 귀로에는 임선생 부처가 산 밑 버스정류장까지 배웅을 해 주셨다. 걸으면서 나눈 이야기 중에, 헤이본샤平凡社에서 나온 선생의 『서울의 성 밑에 한강은 흐른다ソウル城下に漢江は流れる』(원제—『韓國社會風俗野史』)의 인세를 받지 못하신 것을 알았다. 귀국 후 헤이본샤에 이야기를 해서 인세가 나오도록 해 드렸다. 얼마 안 되는 금액이었으나, 임선생은 너무나도 기뻐해 주셨다.

　오무라 선생님

　편지 잘 받아보았습니다.

　안착安着과 건승을 경하드립니다.

　일전에는 오래간만임에도 불구하고 너무나도 소홀한 대접을 드려 죄송했습니다. 관용 부탁드립니다.

헤이본샤 건은 세심한 배려 너무도 감사했습니다. 아내에게 편지를 읽어주면서 후정厚情에 대해 이야기 나눈 참입니다. 우처愚妻도 너무 감격해하고 있습니다. 다시금 깊이 감사드립니다. 그 건은, 아직 헤이본샤에서 송금이 온 것은 아닙니다만, 도착하면 말씀대로 감사하게 받을 생각입니다. 또 다케시타 후미오竹下文雄 선생께도 말씀대로 감사 말씀을 올릴 예정입니다. 그 점은 신경 쓰지 마시도록 부탁드립니다.

한국은 근래 맑은 가을 하늘이 계속되고 있습니다. 조석으로는 좀 쌀쌀합니다만, 낮은 상당히 더운 편입니다. 조생종은 여기저기서 벼베기가 시작되었습니다. 우리 산에선 지금 만생종 밤이 수확철입니다. 금년은 계속 내린 호우로 흉작인 탓인지, 며칠 전부터 밤값이 올랐습니다. 예년보다 1.5배 정도 오른 값입니다만, 인건비가 비싸서 큰돈은 되지 않습니다. 수입보다는 조용한 교외주택에 사는 셈치고 지내고 있습니다만, 산의 냉기가 기관지에 좀 해로운 느낌이 들어서 천안 시내 쪽으로 이사를 해볼까 생각하고 있습니다. 하지만, 여기가 부동산매매 경기가 좋은 편이 아니어서 생각만 하다 그칠지도 모르겠습니다.

그럼 오늘은 이쯤에서 실례하겠습니다. 언제나의 후정厚情 그리고 헤이본샤에 대한 배려, 더 드릴 말씀이 없습니다. 마음속에 영구히 새겨두겠습니다.

사모님께 잘 전해 드려주십시오. 건승을 빕니다.

안녕히 계십시오.

— 1987년 9월 23일

마지막으로 편지를 받은 것은 1989년 3월의 일이었다.

오무라 선생님

오래간만에 소식 올립니다.

선생님을 비롯하여 댁내 두루 변함없이 건승하시리라고 믿습니다.

건강하다고 말씀 드리고 싶지만, 2월 21일부터 28일까지 입원을 했습니다. 기관지염이 결국 폐기종으로 번지고 숨이 막혀서 치료를 받았습니다. 아무래도 '고물자동차'니까 가끔씩 '보링'을 해줘야 움직이겠죠. '수리 센터'에 갔다 온 셈입니다. 아마, 별 일은 아니니 신경 쓰지 마시기 바랍니다.

그런데, 1월초 출간 예정이던 『일본군의 조선침략사』가 계속 늦어지다가 이제야 출간되게 되었습니다. 별편으로 보내드릴 터이니 언젠가 시간 나실 때 일별해 주시면 영광이겠습니다. 그리고 책 속에 '침략'이라는 말이 많이 사용되고 있습니다만, 이쪽 입장을 넓게 이해해주시길 바랍니다. 저는 '지자智者는 허물을 제 안에서 찾는다'는 말을 신봉하는 자입니다. 그런 말을 쓰고 싶지는 않지만, 지금의 한국의 입장에서는 아무래도 어쩔 수가 없습니다. 언제나 이런 단계를 넘어설 수가 있겠습니까.

문인이 되는 꿈을 품고 있던 제가 문학을 팽개치고 망국의 족적만 뒤쫓게 되어 재미는 없군요. 이상理想은 못 쓰고 망국의 역사만 쓰게 되다니 가슴 아픈 일입니다. 젊었다면 아프리카라도 가서 아프리카 통일론이라도 휘갈겨 쓰겠습니다만, 이 나이에 폐기종이니 그건 몽상이겠지요. 아아 쓸데없는 이야기를 드렸습니다.

그럼 오늘은 우선 이 즈음에서 실례하겠습니다.

선생님 그리고 댁내에 두루 건승과 행운을 빕니다.

안녕히 계십시오.

—1989년 3월 10일

이 편지 이후 반년 뒤인 11월 12일, 60세로 타계했다. 문학을 하고 싶어서 『이상 전집』 전 3권을 편찬하기까지 했는데, 결국 문학으로 되돌아가지 못하고 끝나고 말았다.

나의 세 번째 방문은 성묘길이 되고 말았다. 미야타 세츠코宮田節子와 박광수朴光洙에게 부탁받은 부의금을 들고, 건강 문제 때문에 새로 이사했다고 한 천안의 그 댁으로 찾아갔다. 개인별 친일 인명록 카드가 빼곡히 들어차 있는, 낯익은 수제手製 책장 한 쪽에 모셔져 있는, 검은 리본이 달린 임종국 선생의 영정을 뵈니 가슴이 북받쳐 올라왔다. 11월 하순의 묘는 아직 잔디도 돋지 않은 상태였다. 찬바람만 스쳐지나가고 있었다.

—『실천문학』 81, 2006 봄.

김학철金學鐵 선생님의 편지

　김학철 선생님이 필자에게 보내신 편지가 4통 남아 있다. 처음 2통은 "중국작가협의회 연변분회 김학철"로 되어 있으며 나중 2통은 연길시 총류가叢柳街 2-2-4, 개인주소로 되어 있다. 이 4통의 편지를 그대로 묻어두는 것이 안타까웠던 차에 이번 기회를 통해 공개하기로 하였다.

　내가 최초로 연변에 발을 들여놓은 것은 1985년 4월부터 1986년 4월까지 1년간이었다. 이 기간 동안 김학철 선생님 댁에 주 1회씩 드나들면서 선생님의 반생을 녹음테이프 10개에 녹음하였다. 그 일부는 『조선의용군 최후의 분대장 김학철』 2(연변인민출판사)에 역재되어 있기도 하다.

　첫 번째 편지는 1986년 봄 귀국한 후, 당시 연길에 데리고 갔던 딸 오무라 미치노大村三千野를 염려해 주신 내용의 글이다. 짧은 문장 속에 미치노에 대한 자애慈愛와 필자에 대한 정애情愛가 함께 스며 있다.[1]

두 번째 편지는 1988년 12월 26일에 쓰인 것으로, 연길에서 투함投函한 편지인데, 당시는 '우편사고'로 인해 한국에서 수취가 불가능한 일이 있었던 시대여서, 선생의 편지를 내가 맡아 가지고 갔다가 일본에서 한국으로 보냈다. 그랬더니 금방 한국에서 무사히 편지를 받았다는 통지 내용이다. 한국에 보내는 편지를 이런 방법으로 대신 보내드렸던 기억들이 있다.

두 번째 편지의 후반 내용은, 북경의 중앙민족학원(현재의 중앙민족대학)에서 유학생활을 보내고 있었던(현재도 북경 거주) 미치노에 대한 배려의 내용이다. 선생님께서 '미치노'라는 이름의 유래를 물으신 적이 있는데, 그것이 '삼천리'를 자유롭게 달린다는 의미라고 알려 드렸더니, 선생님께서는 무릎을 치고 기뻐하시면서 미치노를 더할 나위 없이 귀애해 주셨던 것이다.[2]

세 번째 편지에는 '제2회 KBS 해외동포상 수상자 확정'이라는 KBS의 통지서가 동봉되어 있었다. 선생은 이 시기에 '특별상'을 받으셨다. 소개문에 "중국. 작가, 항일투사"로 되어 있었다.

이 편지는 1994년 7월 1일에 쓰인 것으로서, 집사람의 요통을 염려하시면서 약 걱정을 해 주신 내용이다.

또 선생님께 선물로 드린 '에도 풍령風鈴'이 최근 소리가 잘 나지 않는다며 안타까워하시는 내용도 들어 있다. 물론 목숨을 걸고 일본군과 싸운 분이시긴 하나, 일본 서민의 생활상과 풍물은 좋아하셨다.

1　편지 1.
2　편지 2.

언제였던가 "일본 물건 중에 뭔가 원하시는 것이 있으면 말씀해 주세요. 다음 번 올 때 가지고 오겠습니다"라 말씀드렸더니 〈황성荒城의 달月〉(일본가곡)의 오르골(자명금－自鳴琴)과 다이후쿠大福(팥이 들어간 찰떡)를 말씀하셨던 적이 있다. 오르골은, 일본군과 대치하고 있었던 때 야간 심리전의 일환으로 〈황성의 달〉을 확성기로 틀어서, 일본 병사들을 향수에 잠기게 하여 전투의욕을 잃게끔 한 경험이 있었다고 하시는데, 한편으로는 〈황성의 달〉이 갖고 있는 센티멘탈리즘에도 공명되는 바가 있으셨던 것이 아닌가도 생각된다.

다이후쿠도 추억을 되새겨 보고 싶어서 말씀하신 것이었을 것이다. 선생님은 8·15해방으로 이사하야諫무 형무소를 나오게 되셨는데, 건국준비위원회가 마련한 목조선에 승선하시기 전에, 하루 동안 자유시간이 있었다고 한다. 이 때 거리에서 행상 할머니한테 다이후쿠를 사 드신 적이 있는데, 그 맛을 잊을 수가 없다는 것이었다. 1993년 선생님이 처음 일본에 오셔서 와세다 대학에서 강연을 하셨을 때, 숙소인 도쿄 간다神田 한국 YMCA의 어느 방에서, 딸이 약속한 그 다이후쿠를 가져다 드렸더니, 2개까지만 드시고 3개째는 들지 못하셨다.[3]

네 번째 편지는 1995년 7월 17일에 쓰인 것이다. 이것은 내가 나가사키長崎 지방재판소 판결문을 발견해서 복사를 해서 드린 적이 있었는데, 뜻밖에도 그 일로 야단을 맞고 말았던 내용이다. 물론 치안유

---

3 편지 3.

지법으로 신병이 구속되어 있는 상황 하에서의 재판이, 김학철 선생님의 의지를 철저하게 무시한 것이니, 신뢰 가능하다고는 생각하지 않으나, 일본 관헌 측이 어떻게 보고 있었는가 하는 면에서 참고는 되지 않겠는가 생각했었는데, 결과는 참담했던 것이다. 선생님께는 선생님 나름의 생각이 있으셨을 것이다. 하지만『조선의용군 최후의 분대장 김학철』1에 번역 게재되어 있는 바를 보면, 역시 판결문 찾기 작업은 헛된 고생만은 아니었던 것이 아닌가 생각해 본다.[4]

---

4 편지 4.

편지 원문[5]

편지 1[6]

미치노 양은 일본을 출발하던 날, 대설大雪로 고생하셨지요?

고생 많으셨습니다.

편지 2[7]

9월 서울에 보내주신 편지, 감사드립니다. 틀림없이 받았다는 편지가
왔습니다.

너무도 죄송합니다만, 한 번 더 다음 편지를 부탁드립니다.

『天池(천지)』 1월호는 이미 도착했을 것으로 생각합니다.

사모님께도 안부 전해 올립니다.

안녕히 계십시오.

1988년 12월 26일, 김학철

미치노 양.

북경 생활, 이젠 익숙해졌나요?

겨울방학 때 일본에 돌아가시면, 동봉한 편지와 사진을 아버님께 전해

5　이하 4통의 편지 중 편지 1·2는 일본어, 3은 한국어, 4는 한국어 및 일본어로 씌어
　　있다. 한국어 편지 내용은 부호를 포함하여 최대한 원문 그대로 수록하되, 띄어쓰
　　기는 현대 한국어 맞춤법 규정에 따랐고, 원문 속의 한자는 '( )' 속에 병기했다.
　　원문 속의 한자가 중국 간체자인 경우는 현대 한국에서 사용되는 한자로 대체했다.
6　일본어 원문.
7　일본어 원문.

드려주세요.

편히 지내시길.

1988년 12월 26일, 김학철

편지 3[8]

大村 先生(오무라 선생님) 내외분께.

지난해 주신 편지 받는 길로 집사람이 腰痛(요통)에 가장 좋다는 약—천마환(天麻丸, 有神效—유신효) 한 소포小包를 부치려 했으나 우체국에서 받아주지 않아 보내드리지 못했습니다. 사향麝香·천마天麻·운남백약雲南白藥 등은 다 금수품목禁輸品目에 들어 있다는 겁니다. 금년 여름에 오시면 한 보따리 구해드릴 테니 꼭 오십시오.

미치노三千野 양은 방학이라 귀국했겠지요.

이곳 하남河南 거리에 '삼천야三千野 소흘부小吃部'[경식당]라는 간판이 내걸렸습니다. 들어가 보지는 않았지만 참으로 착상着想이 기발奇拔한 간판입니다.

혜증惠贈하신 '에도江戶 풍령風鈴'을 방문에 매달았더니 문을 여닫을 적마다 영롱玲瓏한 소리를 내 선경仙境에 사는 것 같더니 어떡하다 영鈴에 금이 갔는지 요즘은 탁음濁音으로 변해 매우 실망적失望的입니다.

내외분께서 내내 건강하시기를 빌고 바랍니다.

1994년 7월 1일, 김학철

---

8 한국어 원문.

편지 4[9]

오무라 선생님大村 先生 내외분께.[10]

동경에 체류하는 동안, 폐를 너무 많이 끼쳐드려, 무어라고 드릴 말씀이 없습니다.

미치노 양은 지금 아르바이트로 여념이 없겠지요.

이와나미岩波서점의 오오츠카大塚 씨에게 오무라 선생님大村 先生을 소개했는데, 연계가 제대로 되셨는지요.

형사판결서刑事判決書란 의례 거짓말투성이라는 것을 알아 두십시오. 피고被告가 이실직고以實直告하는 법은 거의 없습니다.[11] 하물며 증거에 입각한 수사裏付搜査가 불가능한 경우, 피고의 공술은 신빙성 제로입니다. 때문에 판결서의 문면을 근거로 전기 같은 것이 씌어졌다면 대오류요, 대실례올시다.[12]

지금 중국中國과 한국韓國의 출판사出版社들에서 저에게 자전自傳(회고록)을 써달라는 청탁請託이 여러 곳 들어와 있습니다. 고려考慮하는 중입니다. 아직까지는 결심을 내리지 못하고 있습니다.

이번 방일訪日에서는, 일본 벗들을 많이 사귀였고, 또 배운 것도 여간 많지가 않습니다.

아키코秋子 여사께는 신세를 너무 많이 져놔서, 어쨌으면 좋겠는지 모르겠다고, 집사람이 자꾸 뇌고 있습니다.

---

9 한국어 · 일본어 혼용 원문.
10 이하 한국어.
11 다음 "하물며 증거에~"부터 일본어.
12 다음 "지금 中國과~"부터 마지막까지 한국어.

안녕히들 계십시오.

2006년 10월 7월 17일, 金學鐵, 金惠媛 頓首

안녕히들 계십시오.

　오무라 마스오 선생을 처음 만난 때로부터 십수 년의 세월이 흘렀다. 남한과 북한을 포함한 '조선' 문학에 지속적인 관심을 갖고 연구해온 노학자의 차분하면서도 깊이 있는 목소리가 아직까지 선명하게 기억 속에 남아 있다. 하지만 아직껏 때로는 깊은 애정의 눈길로, 때로는 냉철한 제삼자의 시선으로 '조선' 문학 연구에 몰두해온 오무라 선생의 의중이 정확히 무엇이었는지 가늠할 길이 없다. 추측건대 문학을 매개로 한국과 일본의 상호이해의 가능성을 타진함으로써 지금까지 쌓여온 오해와 불신을 씻고자 했을 것이다.

　윤동주의 삶과 문학에 대한 실증적 연구에서부터 북한문학, 조선족문학, 재일문학, 제주문학에 이르기까지, 개화기 동아시아의 문학적 교류에 관한 연구에서부터 김용제와 김종한 등 일제 말기 일본어문학에 이르기까지, 오무라 선생의 시선은 한국의 연구자들이 외면하거나 소홀하게 간주해온 지점을 향한다. 이와 함께 그는 '조선' 근대문학이 낳은 여러 작품들을 일본어로 번역하여 일본인에게 소개하는 일에도 많은 노력을 기울여왔다.

이 책은 식민지 시대의 '조선'문학과 분단 이후의 한국/북한문학에 대한 일본인의 이해를 돕기 위해『홋카이도신문』에 연재한 칼럼과 윤동주 문학에 대한『니시니혼신문』기고문,『실천문학』에 게재한 임종국과 김학철을 추억하는 글을 모은 것이다. 짤막한 글들이긴 하지만 일본인들에게 한국/북한을 편견 없이 바라볼 수 있게 하려는 일본의 '조선'문학 연구자의 웅숭깊은 마음을 담고 있다.

예컨대 걸핏하면 '북한 때리기'에 나서는 일본 언론과 이에 무비판적으로 동조하는 일본 사회를 되돌아보게 하는「겸허하게 살아가는 서민들」,「네 종류의 선집과 북한의 문화적 수준」,「마음을 씻어주는 서정시」 등은 북한에 대한 오해와 편견을 불식하려는 양심적인 학자의 생각을 잘 보여준다. 그뿐만 아니라 '친일문학'에 대한 입체적인 접근의 필요성을 강조한「거종, 침묵을 강요당한 당시의 상징」,「전향을 강요당한 프롤레타리아 시인」 등을 비롯해 조선족문학, 재일동포문학, 제주문학 등에 관한 글들은 한국인이 미처 몰랐거나 애써 외면했던 '사실들'을 아프게 지적한다.

아무래도 역사적 경험 때문이겠지만 한국/북한과 일본 사이에는 아직까지 깊은 불신의 강이 흐르고 있다. 그리고 그 불신의 강이 더욱 깊어지기를 바라는 자들, 특히 권력에 눈이 먼 위정자들과 그들을 맹목적으로 따르는 이들이 적지 않다. 한반도와 일본열도에 사는 사람들 사이의 깊은 이해가 없이는 이 불신의 강을 건너기는 쉽지 않을 것이다. 남북한의 교류와 화해를 넘어 동아시아의 진정한 평화를 위해서라도 상호이해는 필수적이다. 상호이해의 과정에서 문학은 중요한 역할을 담당할 것이며, 오무라 선생이 '조선'문학 연구에 심혈을 기울인 이유도 여기에서 찾을 수 있을 것이다.

이 책은 2007년 간행된 『조선의 혼을 찾아서』를 대대적으로 보완하고 전면 다시 번역한 것이다. 독자들은 이 책을 통해 오랜 세월 동안 '조선'문학과 '조선'사람에 대해 깊은 관심을 쏟아온 오무라 선생의 꾸밈없는 고백과 아울러 조용하지만 매서운 질타를 들을 수 있을 것이다.

2017년 7월

정선태 적음